...SORELLA
DI MESSALINA

ANNIE VIVANTI

PARTE PRIMA

I.

Signora nè buona, nè bella, nè giovane, nè ricca, desidera fare la conoscenza di un signore che possegga tutte le doti che a lei mancano. Intelligenza non necessaria. Avventurieri e studenti si astengano dal rispondere. Scrivere X. Y. ecc.».

Piero e Alberto in barca sul Po lessero casualmente l'annuncio nella quarta pagina del giornale, e risero.

- Che cinismo! - disse Alberto, disapprovando.

- Che sfrontatezza! - disse Piero, ridendo. - Rispondiamo?

- Ah, io no! - esclamò Alberto.

- Tu hai l'anima di un trepido coniglio in un corpo di giovane pantera, - disse Piero. - Risponderò io.

Ma avendo egli l'anima (e la professione) di impiegato di banca in un corpo di Giovane Werther, e non volendo compromettersi con una sconosciuta, firmò col nome di Alberto e diede l'indirizzo dello studio di lui, che era un pittore.

La signora nè buona nè bella nè giovane nè ricca rispose. Alberto aprì la lettera, si stupì, comprese, si sdegnò; ma non ne parlò con Piero. Piero da parte sua non ne parlò ad Alberto perchè il coniglio, quando qualcosa gli spiaceva, non era comodissimo a trattare. E quanto a Piero l'incidente si chiuse lì.

Alberto lesse e rilesse la lettera, ch'era breve.

«Stasera, ore nove. Giardino Ambasciatori. Abbiate una rosa in mano».

- Ridicolo! - mormorò Alberto, sgualcendo la lettera e gettandola in un angolo dello studio disordinato. - «Abbiate una rosa in mano!». Non sarò così idiota. - (Era il coniglio che parlava).

Tuttavia alle otto comprò una rosa (era la pantera che aveva il sopravvento). Però alle nove non andò agli Ambasciatori, bensì a sentire il concerto di Boasso al Balbo, spintovi dal coniglio.

Ciononostante alle dieci e un quarto andò agli Ambasciatori trascinatovi dalla pantera.

Non aveva la rosa in mano, ma all'occhiello.

Non vide nessuna signora che non fosse bella e giovane; e, in quella penombra soavemente illuminata da lampadette colorate, parevano anche tutte buone e ricche. Allora egli si strappò la rosa dall'occhiello e, prima di gettarla via, la trattenne nelle mani un momento. Poi la rosa cadde.

In quel momento da un tavolino in un angolo appartato nel verde, partì una sommessa risatina femminile.

Alberto si volse a guardare, e vide due signore; una vestita di nero e l'altra di chiaro; una con un cappello piccolo e l'altra con un cappello grande; una sorrideva e l'altra rideva.

Il coniglio fuggì, morsicato e dilaniato dalla pantera che avrebbe voluto restare.

L'indomani Alberto ricevette un'altra lettera:

«Stasera. Ore nove. Al San Giorgio.

«Siete bello».

Allora la pantera mangiò il coniglio e Alberto vi andò.

Strada facendo egli si domandava: - Quale delle due sarà? Spero sia quella vestita di nero col cappello piccolo. Mi pareva più carina.

Era quella vestita di chiaro col cappello grande. Sedeva sola a un tavolo, e vicino a lei una sedia inclinata all'orlo della tavola indicava che il posto era preso. Alberto esitò molto prima di accostarsi.

Ella alzò gli occhi, e guardandolo senza sorriso, gli fece un gesto d'invito colla mano. Allora egli, scoprendosi, la salutò. Ella studiò un attimo con occhi lampeggianti i folti capelli e la chiara fronte aperta del giovane.

- Segga - disse indicandogli la sedia appoggiata. - La aspettavo.

Invero non era bella. Aveva un tipo quasi orientale; gli occhi però molto chiari (e sciupati, come per aver visto molte cose inusitate); la bocca tinta un po' viziosa (e amara, come se su di essa fossero passate molte parole e molti baci); le mani bianche e lunghe (dalle dita irrequiete, come cercanti il contatto di denari e di carezze).

E invero non era giovane. Aveva quell'età indefinita, così difficile a indovinare, della donna molto sicura di sè e molto esperta, che ha talora i gesti di una bambinetta viziata e talora gli sguardi dell'antico serpente del giardino d'Adamo. Aveva quell'apparenza raffinata, stanca e insidiosa di chi molto ha sofferto e fatto soffrire, e di chi molto ha gioito e fatto gioire, che per alcuni uomini ha un fascino assai maggiore che non la sana, candida e impacciata giovinezza.

Non per Alberto, però, il quale era un'anima semplice e che - eccetto in arte - aveva dei gusti elementari e primitivi. Nella sua pittura egli metteva tutte le stravaganti e morbose eccentricità ch'egli nè sentiva nè credeva sentissero gli altri; ma che, essendo prescritte dalla moda del momento, diventavano ipso facto regolamentari e convenzionali.

Nulla essendovi oggi in arte di più normale dell'anormale, Alberto dipingeva delle mostruosità per paura di sembrare bizzarro.

- Avrete trovato strano il mio annuncio; - disse la signora in una calda voce vellutata, poggiando il mento sulla mano sottile, e fissandogli in viso gli occhi chiari e lunghi.

- Sì, - ammise Alberto - l'ho trovato un poco strano.

- Ebbene - diss'ella, sempre guardandolo fisso - a me pare più strano che voi abbiate risposto.

- Già, - fece Alberto, e i suoi pensieri corsero a Piero con un senso di ostilità. Poi, riprendendosi: - Posso offrirle qualche cosa?

La signora ordinò svariate bevande che non bevve e vivande che non mangiò. Aveva molta sicurezza e «aplomb», e Alberto si sentiva come un collegiale impacciato e maldestro al suo cospetto.

- Siete giovane, - constatò ella squadrandolo con lentezza dalla punta dei capelli bruni alla punta delle scarpe di vernice: il percorso era lungo ed attraente.

Alberto rise.

- L'annuncio lo esigeva, - disse. - Chiedevate un signore che possedesse tutte quelle doti - Tacque.

- ... Che mancano a me? È vero - disse la signora. - Io non sono giovane. Non sono affatto giovane. Quando la vostra bocca suggeva il latte, la mia era già bruciata dai baci degli uomini.

Alberto ebbe uno strano senso di dispetto. La sua gioventù, che gli sembrava una innegabile superiorità, cessava di esserlo, presentata a quel modo. Anche gli fece orrore l'immagine di quegli uomini ch'ella aveva baciato, e gli parve di odiare loro e lei.

- D'altronde - disse la signora, - che cos'è la gioventù? Che cosa conta? Noi donne che l'abbiamo oltrepassata siamo molto più interessanti; e siamo anche più felici. Conosciamo il valore di ogni cosa. Non vi è nulla di più inquieto ed infelice che la gioventù. - E additando una fanciulla in diafane vesti colle gambe snelle scoperte fino alle ginocchia che passava in quel momento: - Un po' di tempo fa io ero così. Un po' di tempo ancora e lei sarà come me. E poi, un po' di tempo ancora... e saremo morte tutt'e due. Anzi, - disse, volgendosi a guardare Alberto cogli occhi semichiusi, stringendo ed alzando la palpebra inferiore fino a dare ai suoi occhi una strana forma triangolare - anzi, saremo morti tutt'e tre. Anche voi.

- Già! - sospirò Alberto, che non trovava la conversazione soverchiamente gaia. - Anch'io.

- Voi forse prima di noi, - soggiunse la donna, contemplandolo pensosa. - Forse prima di noi.

- E perchè? - fece Alberto, risentito. La signora si strinse nelle spalle che erano esili e spioventi.

- Mah! Così... Un pensiero... - Indi, cambiando tono: - E dunque? che cosa fate di bello al mondo?

Alberto glielo disse, dilungandosi in molti particolari riguardo alla vecchia scuola accademica e il nuovo movimento separatista, raffrontando le tendenze della scuola olandese di Van Gogh a quelle della scuola spagnuola di Bertran Massès, deplorando le ingiustizie dei concorsi e la inettitudine delle giurìe.

Ella parve interessarsi intensamente a tutto ciò ch'egli le narrava.

- Vi comprendo! - esclamava ogni tanto - ah; vi comprendo. Voi siete «un puro»! Avete la sublime semplicità del genio. Siete come Parsifal: «ein reiner Tor».

Alberto che non capiva il tedesco abbozzò un sorriso che poteva essere di assenso o di protesta.»

- Quanto a me - diss'ella subitamente, - vi avverto che sono una persona corretta e per bene, nonostante il mio strano contegno. Ho molte conoscenze eminenti, e frequento la migliore società.

- Non ne dubito, - disse Alberto.

- Ho messo quell'annuncio un po' per capriccio, un po' per trovare qualchecosa o qualcuno di nuovo, di inedito, di diverso... di attraente.... d'inquietante....

- Ed io, sarei forse tutto ciò? - chiese Alberto appoggiandosi indietro alla spalliera della seggiola.

- Tutto ciò, - disse la signora, guardandolo fisso. - Ed altro ancora.

Alberto, sentendosi molto disinvolto e mondano, fece un inchino. E le chiese il permesso di accendere una sigaretta.

- Siete anche molto bello, - soggiunse la signora, guardandolo mentre il fiammifero gli illuminava il volto di sotto in su. E, per prevenire l'immancabile risposta di lui, che ella indovinava, aggiunse subito sorridendo:

- Anche questo, è vero, l'annuncio lo esigeva! Non essendo bella io...

Alberto fece un debole mormorio di protesta.

- D'altronde... la bellezza... - riflettè lei, stringendosi nelle spalle, - in fondo qual'è la bellezza che conta? la bellezza che veramente ci dà la gioia? Quella degli altri. A me che importerebbe ora di essere una Venere Anadiomène se dovessi star qui seduta accanto a uno spauracchio? Se dovessi parlare e sorridere con un gorilla o un orangutan? No, no! ciò che conta - e di nuovo fissò il giovane con quello strano sguardo penetrante e acuto - ciò che conta è la bellezza altrui. Per me, l'importante è che siate bello voi.

Alberto, non sapendo che cosa rispondere, tacque. Ed ella, dopo un breve silenzio, riprese:

- Quanto a noi donne non belle, abbiamo sulle altre un immenso vantaggio; questo: che l'uomo non ci teme. L'uomo anche più cauto e circospetto si avvicina alla donna non bella con un senso di tranquillità e di sicurezza, «Questa donna», egli pensa, «non è pericolosa; sarà una creatura di tutto riposo che non mi farà mai soffrire». E calmo egli si confida e si affida a lei. La donna, frattanto, se è astuta e sa quello che fa e quello che vuole, ha il tempo di esplicare le sue arti, di tramare le sue insidie... E quando l'uomo vuole riprendersi, liberarsi, lasciarla... non lo può. La donna brutta lo tiene, lo possiede più profondamente che qualsiasi altra.

- Ah!... certo! - fece il cortese Alberto, crollando saggiamente il capo.

La signora lo guardò e rise. Indi gli offrì l'astuccio delle sue sigarette ch'erano violentemente profumate. - Voi, per esempio, non avete per nulla paura di me.

- Paura? Veramente, no. - disse Alberto.

- Lo so; io sono una creatura innocua. - E sorrise ancora. (Se il biblico rettile del giardino d'Eden possedeva un sorriso, doveva assomigliare al suo). - Mi accompagnate fino a casa?

Alberto la accompagnò fino a casa, una bella casa in corso Umberto; e camminando conversarono di svariate cose. Sulla porta ella gli tese la mano da baciare.

- Venite a trovarmi domani alle cinque. Volete?

Sì; Alberto voleva. E lasciatala con un corretto inchino egli rientrò nella sua «garçonnière» in Corso Cairoli, sentendosi molto calmo e molto soddisfatto di sè, del suo fisico, della sua serata e del mondo in generale. E, sì!... anche di Piero.

Si svestì in fretta; e dormì bene.

- ... Non voglio chiamarvi «Alberto», - disse la signora, ricevendolo all'indomani in un salotto crepuscolare tappezzato di raso arancino. - Faccio troppa fatica a pronunciarlo. Vi chiamerò Giorgio.

- Sì, sì. Chiamatemi pure Giorgio, - fece Alberto che sentiva già di essere un altro uomo. - Ed io, come devo chiamarvi?

- Chiamatemi Raimonda, - disse la signora, offrendogli in una piccola tazza di giada un fluido rosato, di pungente effluvio e di una dolcezza d'idromele.

- Raimonda!... Che bel nome! - fece Alberto.

- Io non mi chiamo affatto così, - spiegò la signora; - ma cambio nome a seconda di chi è con me. Oh! quelle donne che sono sempre Maria, o Cecilia, o Caterina per tutti gli uomini indistintamente! Che banalità!... Io no. Io sono una donna diversa per ogni persona che mi avvicina. Per voi, io sono Raimonda.

Alberto trovò questa idea assai originale. E mentre beveva il liquido misterioso e gli sguardi anche più misteriosi che fluivano per lui dall'anfora di giada e dagli occhi chiari della dama, sentì che davanti a lui si schiudeva in un nuovo e deliziante aspetto il panorama dell'esistenza.

Ella frattanto gli esponeva le sue teorie sugli uomini e sulle cose, teorie che erano - o ad Alberto parevano - assai avventate e originali.

- Vorrei - disse Alberto chinando l'agile corpo in avanti e poggiando il gomito sul ginocchio - conoscere il vostro pensiero sull'amore e la vita...

- «L'amore e la vita», dite voi? - La donna tacque, tacque di proposito, un lungo momento, come tacciono le attrici sulla scena. Poi, alzando gli occhi in cui passavano dei bagliori verdi. - Ma io non comprendo che l'amore... e la morte.

- L'amore e la morte? Perchè?

- Perchè l'amore è una cosa eterna e terribile come la morte.

- Brrr!... - fece Alberto ostentando un brivido.

- Non ridete, non ridete! - ammonì lei, corrugando la sottile linea nera delle sopracciglia. - Io detesto che si rida delle cose gravi. E l'amore è una cosa grave; l'amore è una cosa tragica e solenne. Io non concepisco l'amore che comincia con un sorriso e termina con un sospiro.

- E come volete che termini? - azzardò il giovane.

Ella lo saettò con gli occhi.

- Non deve terminare, non può terminare, - esclamò. - Io non ammetto che un uomo, il quale oggi mi ama, possa un giorno lasciarmi, riprendere la sua vita come se nulla fosse, parlare, camminare, ridere, scordare... o peggio! ricordare!... Ah! - e la signora rabbrividì, - è un pensiero mostruoso, abominevole. - Abbassò la voce e fissò nel giovane quei suoi occhi chiari, quasi fosforescenti tra le ciglia socchiuse: - Aveva pur ragione Messalina!... o era la duchessa di Nesle?... che quando aveva finito di amare un uomo lo faceva strozzare e gettare nel pozzo!

- Deliziosa amante! - fece Alberto, non potendo trattenere il sorriso. - Voi dunque, fareste gettare nel pozzo l'uomo che vi avesse amata?

Ella gli fissò in viso quel suo sguardo strano, senza rispondere, e Alberto ripetè l'interrogazione, variandola un poco.

- Voi non ammettete che un uomo che vi ha amata, vi lasci?

- L'uomo che mi ha amata - disse lei con voce profonda, - non mi lascia... che per morire.

Alberto di nuovo sorrise a questa macabra dichiarazione.

- Misericordia! - esclamò. - Quale truce modo di amare!

- È l'unico modo, - ribattè lei, e la sua voce era bassa e calda nella bianca gola pulsante - l'unico! Badate ch'io non parlo nè della tenerezza, nè dell'amicizia, nè dell'affetto; parlo dell'amore: di questa cosa crudele spietata truculenta che esige l'inesorabile e l'eterno. E di inesorabile e d'eterno non vi è che la morte.

Queste teorie parvero ad Alberto alquanto eccessive ed esaltate. D'altronde, era in tutto bizzarra la sua nuova conoscenza. Alberto notò che si profumava il fazzoletto coll'etere.

Egli si compiacque di quest'atmosfera inusitata, ma non ne fu per nulla turbato. Accomiatandosi disse a lei che sarebbe tornato l'indomani; e a sè stesso disse che non sarebbe tornato più. Già, aveva molto da fare: doveva finire la Madonna per la chiesa di Laghet, e il ritratto della baronessa Ferrari; e poi quello dell'ex-sindaco di Chieri. Anche una «Danzatrice Araba» e una «Ebe Giovinetta» dovevano essere pronte per l'Esposizione di Venezia. No; non aveva davvero tempo da perdere.

- Addio, Raimonda.

- Giorgio!... Addio.

Ma all'indomani ecco che ella comparve inaspettatamente nello studio di lui.

Ammirò molto le sue opere, fermandosi con lunghi silenzi pieni d'intensità davanti a tutti i piccoli sgorbi e abbozzi a cui Alberto stesso non aveva fino allora attribuito grande importanza.

Sfortunatamente si fermò a contemplare colla stessa repressa emozione una tela che era del Bosìa. Ritta davanti al piccolo quadro vibrante di colorazione, lo fissava mordendosi le labbra e ansando un poco.

- Quello non è mio, - disse Alberto, contrariato.

- Ah!... - fece lei con un lungo sospiro come di sollievo. - Mi pareva... diverso! Mi pareva... un altro temperamento, un'altra anima!

Indi volle suggerirgli lei l'idea per un quadro.

- Lo intitolerete «La Riluttante». Nello sfondo, a sinistra, una pianura piena di luce. A destra, in primo piano una vallata tenebrosa. Nel centro, venendo dalla luce e rivolte verso l'ombra, due figure: una Donna (una donna non più giovane) e il Tempo... sapete pure, il vecchio Tempo convenzionale, colla barba, la falce e la clessidra... Egli tiene per il polso la donna e la trae presso di sè, forzandola a seguirlo verso la vallata buia. Ma ella, desiosa e nostalgica, volge il capo verso la pianura soleggiata e primaverile che ha lasciato dietro di sè...

- La giovinezza! - interpretò Alberto.

- ... dove danzano in cerchio delle diafane figurette adolescenti... Da queste si stacca un giovane, divino di bellezza, che stende ancora verso la Partente una mano piena di fiori... - Tacque con un piccolo sospiro; indi fissando coi profondi occhi Alberto, riprese: - Ma, inesorabile, il Tempo trascina seco la riluttante. La trascina, giù, verso la vallata nubilosa e profonda... E tutte le rose ch'ella aveva in mano cadono a terra, sfiorite...

- Bello! - disse Alberto, non troppo convinto. - Ma i quadri che dicono qualche cosa non sono più di moda.

Ella gli diede subito ragione; e si estasiò davanti alla sua ultima tela raffigurante tre donne sedute in fila - due vestite e una nuda - che fisse ed intontite contemplavano una finestra chiusa.

Ella lo trovò magnifico. Trovò magnifico tutto. Bevette del Malaga ch'egli le offerse; suonò qualche accordo al pianoforte; fu piena di vivaci, inaspettate e affascinanti eccentricità. Si rizzò in punta de' piedi a baciare rabbrividendo, i ghignanti denti di un teschio, che Alberto teneva presso un vaso di fiori su uno scaffale.

- Io adoro la morte! - esclamò.

Poi tornò ad ammirare Alberto e i suoi occhi e il suo studio e la sua arte; si stupì che tutti i suoi quadri non fossero già conosciuti e venduti a Parigi, a New York, a Costantinopoli, a Londra, e si meravigliò che tutte le donne d'Italia non fossero ai piedi di lui, convulse d'estasi e di passione.

- Ah, Giorgio! Giorgio!... come siete meraviglioso e conturbevole!... - esclamava stringendo il fazzoletto orlato di trina alle narici. - Come mi piace odorare l'etere e guardare la linea del vostro profilo perduto...

- Vi vedrò questa sera? - chiese Alberto un poco agitato.

- No. Questa sera no.

- Allora domani? - insistette lui, scordando gli impegni colla baronessa e coll'ex-sindaco.

- No, Giorgio. Neppure domani.

Alberto passò la serata al Caffè Nazionale con Piero; e fu irascibile, distratto e impaziente. Vi erano parecchie donne nel Caffè, di quelle che avrebbero dovuto essere ai suoi piedi; ma nessuna aveva l'aria di pensarci.

Alberto andò a casa pensieroso. E non dormì.

IV.

- Detesto i baci, - disse lei allorchè, al terzo incontro, Alberto credette giunta l'ora di chiedergliene uno.

La signora detestava molte cose che le donne in generale sogliono amare.

- Detesto i baci, detesto i fiori, detesto i bambini, - dichiarò.

Alberto fu non poco stupito da queste asserzioni che gli parvero anormali ed inestetiche; indi osò chiederle, se in fatto di bambini, non conoscesse che quelli degli altri.

- Conosco anche i miei, - rise la signora.

- Ah? - fece Alberto.

- Sì, due. - diss'ella, laconica, stringendosi nelle spalle. - Grandi e lontani. Quando sarò così vecchia da non potermi più nè tingere nè incipriare, andrò a stare con loro. Mi adorano.

- E... vostro marito?... - chiese tentativamente Alberto.

Di nuovo ella si strinse nelle spalle.

- È in Africa; - disse.

- Non torna?

- Sì, sì. Tornerà. Mi adora.

Secondo lei, tutti la adoravano. E poteva anche essere vero. Ma lei continuava a detestare molta gente e molte cose.

- Detesto le donne, - disse un giorno, allorchè, giungendo inattesa nello studio, lo aveva trovato invaso da una deputazione di signore del Comitato di Coltura femminile. E all'Esposizione della Promotrice, avendole Alberto presentato due dei suoi amici (di cui uno le fece la corte e l'altro no) ella si mostrò assai risentita.

- Non mi presentate mai i vostri amici - esclamò. - Detesto gli uomini.

Egli allora, per distrarla e placarla, e anche perchè cominciava ad interessarsi a quel viso strano che cambiava di linea, di espressione e di colore ogni momento, la pregò di posare per un ritratto.

- No! no! Detesto i ritratti! - disse lei. - E detesto i ritrattisti! Detesto tutto.

Egli non insistette.

Ma l'imagine di lei, il ricordo delle sue frasi e dei suoi atteggiamenti, il bisogno di vederla ogni giorno, crebbe e lo ossessionò.

V.

Quando si conoscevano da circa due mesi, ed egli non pensava più che a lei e come lei; e non parlava più che con lei o di lei, adottando gli atteggiamenti spirituali, le pose e le espressioni un poco eccentriche a lei abituali; quando tutti i suoi quadri - la danzatrice Araba, l'Ebe giovinetta, la Madonna di Laghet, la baronessa Ferrari, e anche l'ex-sindaco di Chieri - mostravano senza eccezione una vaga ma indiscutibile somiglianza a lei, egli d'un tratto le cadde in ginocchio dinanzi.

- Ti amo, Raimonda!...

- No, Giorgio! non amarmi! - sospirò essa.

- Non posso non amarti. Amarti... è la vita.

Ella si chinò verso di lui e gli pose le lunghe mani sulle spalle.

- Amarmi... è la morte, - sussurrò.

Alberto, per quanto innamorato, ebbe voglia di sorridere a questa dichiarazione che gli parve un po' spinta verso il melodrammatico.

Ella gli lesse in volto il pensiero, e sospirò:

- Tu credi; - disse con lenta intensità, - tu credi che io esageri o scherzi. Mi trovi stravagante ed esaltata. Ebbene, ti sbagli. Io voglio che tu sappia in che genere di avventura tu ti arrischi con me. Non dirmi poi che non t'ho preavvisato.

Tacque un istante, poi riprese:

- Tu crederai pure che io non sono passata traverso la vita senza amori. Crederai pure che gli uomini mi hanno amata... molto amata...

- Sì, - disse Alberto.

- Ebbene, non vi è nel mondo un sol uomo che possa dire di essere stato mio amante. Non uno!

Alberto si sentì vagamente impressionato. Gli parve ch'ella dicesse il vero. Difatti, nei primi tempi, egli aveva pur parlato di lei, un po' coll'uno, un po' coll'altro; e tutti le avevano attribuito molte passioni e un passato turbolento e tempestoso. Ma chi erano i suoi amanti? o chi erano stati? Nessuno lo sapeva.

E ancora, come s'ella gli leggesse in fronte il pensiero, china verso di lui, mormorò:

- Félix de Courcy... morto. Gilberto Nelson... morto. Goffredo Sarti... morto. Theo Smith... morto. Adriano Scotti... - S'interruppe d'improvviso e si coprì il volto.

Alberto aveva ascoltato attonito il lugubre elenco. Pur avendo voglia di sorriderne, sentiva un piccolo brivido serpeggiargli per le vene.

- Tutti nel pozzo? - chiese finalmente, con una risatina nervosa.

Ella non rispose. Era pallida: due linee dure le solcavano le guancie. Ad Alberto parve brutta: brutta e assurda e temibile a un tempo.

Egli si alzò di scatto.

- Fuggo! - disse. - Voi siete una terribile donna!

E si chinò, quasi ironico, a baciarle la mano.

Solo, nella strada, nel pallido e prosaico tramonto cittadino, il giovane sorrise ancora ripensando la grottesca e macabra posa di costei.

- Basta! - disse, aggiustandosi al collo il bavero del soprabito. - Quella donna è un'esaltata e un'isterica. Non ci andrò più.

VI.

Mantenne per tre giorni il saggio proponimento. Poi le scrisse chiedendo di rivederla. Ella non rispose.

Allora la sera seguente, andò da lei.

La trovò, elegantissima, circondata da molta gente: uomini noti ed ignoti; donne della società e dell'arte. Si rivelava una perfetta padrona di casa, calma, corretta e cortese.

E Alberto stupito si domandò: - Era questa la donna dell'annuncio? Era questa la Messalina dall'elenco di amanti morti?

- E come - si chiedeva il giovane, con una tazza di thè in una mano e un sandwich nell'altra, - come erano morti?...

De Courcy doveva essersi suicidato. Gilberto Nelson?... Egli ne ricordava la fine improvvisa in una casa di salute; se ne era assai parlato qualche anno addietro... Degli altri Alberto non aveva mai udito il nome.

Quando gli altri invitati si congedarono, egli restò.

Appena furono soli ella cambiò atteggiamento. Al giovane parve che i suoi lineamenti si trasformassero. Non era più la signora di pochi istanti prima, calma, dignitosa e corretta; gli occhi verdi ridivennero triangolari; le labbra ch'ella mordeva convulsamente eran scarlatte; stringeva con violenza alle narici il fazzoletto intriso d'etere.

Alberto turbato le s'inginocchiò dinanzi, e piegò il volto sul braccio di lei, fresco alla sua guancia accaldata.

- Raimonda! - mormorò convulso - amami! amami!

- Ma ti amo! ti amo! Non hai compreso che ti amo? - singhiozzò lei.

E colle due mani gli alzò il viso e gli affondò nelle pupille lo sguardo violento, assetato di voluttà.

Al giovane ella apparve d'un tratto intristita, avvizzita, pietosa. Ed egli pensò che la donna è meno bella quanto più è ardente, meno inebriante quanto più è appassionata, meno commovente quanto più è commossa.

Con subitaneo finissimo intuito ella parve leggergli in fronte quel pensiero. Si riprese, subitamente calmata, sorrise, lo cinse col braccio e gli battè lievemente le dita sulla schiena, come se suonasse il pianoforte.

- Ma tu, dopo ciò che ti ho detto, tu hai forse paura di me!

- No! no! non ho paura - esclamò il giovane, ripreso a sua volta dalla passione. - Hai detto che amarti era la morte! Ebbene, io non ho vissuto prima di amarti!

- Nè vivrai dopo di avermi amata, - disse, accarezzandogli con mano leggerissima i capelli.

Di nuovo egli si sentì urtato da questa asserzione sensazionale che gli parve assai spostata.

Che strana manìa era questa, di voler drappeggiare un grazioso idillio, una piacevole avventura, nel manto tenebroso della grande tragedia?...

Tuttavia, riflettè Alberto, se questa donna voleva ad ogni costo un amore truce e macabro, una passione alla Grand Guignol, bisognava accontentarla. Egli intonerebbe in minore la sua passione e avvolgerebbe di veli neri le rosse fiamme del suo desiderio.

Già. Le donne sono delle strane creature. Bisogna prenderle come sono.

Ed egli la prese com'era.

VII.

Com'era?

Era feroce e dolce, era magnifica e mostruosa. In lei l'amore era qualcosa di convulso e di atroce.

E il giovane, da principio stordito e quasi respinto da tanta feroce frenesia passionale, disse a sè stesso:

- Di questa donna mi stancherò presto.

Ma non se ne stancò.

Poichè ella si rivelò un'amante portentosa. Un'amante di profondo e prodigioso intuito; di una sensitività acre e morbosa, di una sensibilità fantasiosa e ispirata. Era così varia e sorprendente che al giovane pareva di conoscere in lei tutta la muliebrità del mondo. Ella era mille donne! Era tutte le donne. Era la donna!

Ora appariva all'amante candida come una bimba; ora corrotta come una meretrice. Oggi ostentava una lubrica depravazione, domani una sognante idealità. Oggi era commovente di ingenua dolcezza, domani spaventosa di delirante lussuria.

Egli la lasciava a tarda notte sopita in un letargo mortale, quasi inabissata nell'inerte stupore di un ipnotico; e, dopo qualche ora, la ritrovava, lieta e candida, gaia e fanciullesca.

Nei soleggiati meriggi uscivano insieme ed ella era con lui saggia e positiva, consigliatrice affettuosa, amica dolce e quasi materna.

Nei ritrovi mondani si rivelava la dama spirituale e corretta, di una dignità calma e irreprensibile...

E la sera, ecco! gli si abbatteva tra le braccia, empia e violatrice, iena, furia, vampiro!

Alberto ne fu avvinto e travolto. Egli che fino allora, con altre donne, era sempre stato un amante blando, temperato e sufficiente, con lei divenne un vulcanico amatore, un amante sovrumano e trascendentale. Turbini e tempeste gli scotevano i nervi. Ed egli sentiva di essere un uomo speciale, prescelto, eletto! Sentiva di essere un dio.

Andava intorno per la città con aria spavalda e sprezzante; disdegnava le donne, insultava gli uomini, si pettinava come un apache, si profumava il fazzoletto coll'etere. Dipingeva con balda iattanza, sbattendo sulla tela delle spennellate sprezzanti e disdegnose.

E trattando così, con altezzosa villania, gli uomini, le donne e l'arte, si fece molto notare ed apprezzare.

Ed essa lo amò. Lo amò con frenesia ed estasi, con rapimento e strazio.

Ben presto venne l'epoca, come in tutti gli amori, in cui ella non volle più vedere nessuno all'infuori di lui; nè amici, nè amiche, nè conoscenze, nè estranei. Lo rinchiuse nella sua passione come in una fortezza, esigendo da lui il passato, il presente e l'avvenire, chiedendogli la rinuncia ai suoi ideali, alle sue aspirazioni, alla sua individualità.

Conobbero insieme l'acre tedio e la snervante dolcezza della perenne solitudine a due.

E la donna, talvolta, ne fu quasi soddisfatta.

Trop suffit - quelquefois! - à la femme!

Ma nei convulsi allacciamenti saliva sempre dal cuore di lei - macabro ritornello - il desiderio della morte.

La morte!... Quella parola come un funebre rintocco accompagnava in lei la voluttà.

E a poco a poco il giovane sentì quel delittuoso e voluttuoso sospiro sferzargli i nervi come un possente, oscuro afrodisiaco.

Infine la fosca furia e lussuria di lei vinse e travolse anche l'uomo. Gli scavò nell'anima degli abissi insospettati. Lo avvolse e sconvolse, lo soggiogò e bruciò.

In breve egli non comprese più come si potesse «amare in letizia», compiere con baci e sorrisi il feroce e tragico rito d'amore.

E calò nelle sue braccia come in un abisso.

PARTE SECONDA

VIII.

Un giorno di febbraio Alberto ricevette dal paesello sul Veronese dove viveva la sua famiglia - il padre medico condotto, la madre mite e semplice massaia, e Betty, la sorellina, soave fiore diciottenne - un telegramma. Betty era ammalata.

Egli si precipitò da Raimonda: la baciò, l'abbracciò, ascoltò distratto le sue parole di rammarico, e partì per San Vincenzo col cuore angosciato.

La sorellina guarì quasi subito: ed egli dopo pochi giorni fece ritorno in città.

Passò nello studio in corso Cairoli a prendere la sua esigua e poco interessante corrispondenza, indi si recò subito da Raimonda.

Non c'era. Era partita.

- Partita!

La cameriera, magra e maliziosa, non sapeva dove fosse andata. La cuoca, grassa ed intontita, non sapeva quando sarebbe tornata.

Alberto rientrò nel suo studio di cupo umore.

Passarono tre giorni, tre giorni di tormento e d'ansia per il giovane; indi Raimonda ritornò.

Era pallida e sciupata. Spiegò ad Alberto ch'era stata da una parente inferma, a Recoaro, e che non aveva mai dormito.

- Ho passato delle notti infernali, - disse sbadigliando, e togliendosi la pelliccia di cincillà, magnifico indumento che Alberto non le conosceva; - ... delle notti infernali!

Si mise a letto subito e dormì fino al meriggio dell'indomani.

Quando rivide Alberto volle sapere tutti i particolari della malattia di Betty; ciò che non lasciò a lui il tempo di informarsi sui particolari dell'infermità della parente di Recoaro.

Dopo questa breve separazione si amarono come prima.

O più di prima? O diversamente di prima?

Alberto se lo chiedeva talvolta. Gli pareva ch'ella lo abbracciasse con maggior tenerezza e con minore frenesia.

Pareva divenuta più dolce, più buona, e più paziente; certo, era meno viziosa, meno torva e appassionata.

Alberto se ne felicitava come di una vittoria propria, dovuta al suo semplice e sano modo di concepire la vita e l'amore. L'elemento spasmodico, febbrile, morboso scemava nella loro relazione...

Era bene, era giusto che fosse così, - rifletteva Alberto tranquillizzato, ma non senza una lieve punta di rimpianto.

Egli allora ricominciò a pettinarsi meglio; riprese a dipingere con maggior cura, e si profumò il fazzoletto semplicemente coll'acqua di Colonia.

X.

S'avvicinavano le feste di Pasqua. E alla vigilia della Domenica delle Palme giunse ad Alberto la notizia che tutta la sua famiglia si sarebbe recata a trovarlo e a passare con lui, in città, la Settimana Santa.

Alberto, turbato ma pur rallegrato da questa novella, si recò dall'amante colla lettera in tasca.

Trovò Raimonda tutta sorrisi nel suo salotto pieno di fiori; un orario ferroviario e una carta della Riviera erano aperti sul tavolo dinanzi a lei.

- Ho un progetto delizioso, - disse ella alzando verso Alberto il volto fine, irradiato da quel sorriso a un tempo malizioso e infantile, che da un pezzo il giovane non le aveva veduto più. - Andiamo a passare dieci giorni a Bordighera. Sfuggiremo a questa lugubre atmosfera quaresimale e alla più lugubre allegrezza festiva che seguirà. E là, in faccia alle azzurre acque danzanti del mare, sui tappeti d'erba nuova già costellati di primule e pervinche, io mi rinnamorerò di te, o mio giovane amante cittadino! che non ho mai veduto se non su uno sfondo di strade e di piazze, di portici e monumenti. Sei contento?

- Oh, peccato! - esclamò Alberto. - Perchè non me l'hai detto prima?

Il volto di lei si fece subitamente duro e ostile.

- Che cosa c'è? - chiese con la voce un poco aspra che Alberto di recente aveva imparato a conoscere e temere.

Egli trasse con riluttanza la lettera di tasca.

- Vedi... è la mia gente che mi scrive...

E le porse il foglietto.

Ma Raimonda aveva voltato il capo ed egli non le vedeva che la sottile e rigida linea della guancia e del mento.

- Leggi, dunque! - insistè - leggi ciò che mi scrive la mia famiglia. - E per ammansarla si chinò a baciarle i capelli ondulati e profumati, ritoccati all'henné.

Ella ritrasse di scatto il capo come una viperetta che voglia mordere.

- La tua famiglia! la tua famiglia!... non seccarmi l'anima con la tua famiglia.

Alberto tremò. Sentì una vampata d'ira salirgli dal cuore alla fronte.

- Non mi pare di averti seccata molto colla mia famiglia, - disse. - Ma mi guarderò bene, d'ora innanzi, dal parlartene.

- E te ne sarò grata, - fece lei sarcastica e pungente. S'alzò e uscì dalla stanza.

Alberto rimase solo nel salotto profumato, di fronte all'orario ferroviario aperto e alla carta della Riviera stesa sulla tavola. I fiori olezzavano nei vasi, il grande oriolo Empire, colla sua stolida faccia circondata di smalto rosso, ritmava il tempo con battito forte. Alberto mosse qualche passo per seguire la sua amante, poi si fermò. Il battito di quell'orologio nel silenzio gli martellava il cervello come un monito, come un avvertimento.

Quanti minuti, quante ore, quanti giorni, quanti mesi della sua vita - della sua vita breve, unica, preziosa! - aveva egli già dato a questa donna? A questa donna nè buona, nè giovane, nè bella, che lo aveva ammaliato, infatuato, stregato? A questa donna che non lo amava più, e che lui, forse, non aveva mai amato?

- Ah! Ne ho abbastanza, ne ho abbastanza! - disse all'orologio e a sè stesso.

E uscì, sbattendo la porta.

L'indomani mattina Alberto era alla stazione ad aspettare l'arrivo dei suoi parenti. Camminava in su e in giù sotto la risonante tettoia; i fischi dei treni in arrivo e in partenza gli laceravano le orecchie e gli straziavano i nervi. E in cuor suo pensava:

- A quest'ora avrei potuto partire con lei!

Partire con lei! Trovarsi, con lei sola, davanti alle danzanti acque del mare! Camminare accanto a lei sui prati d'erba nuova, stellati di primule e pervinche!... Anche lui non l'aveva mai veduta all'aperto se non sullo squallido sfondo di grigiastre case, di strade affollate, di piazze rumorose. Avrebbe potuto finalmente camminarle accanto nella frizzante brezza mattutina, vederla libera nelle vesti svolazzanti, col viso senza velo e la mano senza guanti, più fresca, più semplice, più sua!... Avrebbe potuto - oh, meraviglia! - addormentarsi la sera tenendola tra le braccia, risvegliarsi al mattino col capo sul suo seno. Ah! quel risveglio meraviglioso degli amanti, ch'egli con lei non aveva mai conosciuto!...

Un altro fischio, prolungato e villano, gli squarciò l'udito. Era il treno di Verona che entrava nella stazione. Egli si avanzò con lunghi passi volgendo al convoglio il viso torvo e pallido, interrogando gli innumerevoli visi sconosciuti affacciati agli sportelli che sfilavano - dapprima rapidi, poi rallentando - al suo sguardo.

Ma, ecco! ecco! da uno dei finestrini si sporgeva «la sua famiglia!» - la mamma, con un cappellino nero sui capelli grigi; la sorella, con un cappellino grigio sui capelli neri; e accanto a loro la cuginetta Alix, con un cappellino rosso sui capelli biondi. Come mai era venuta anche Alix? Poi Alberto scorse all'altro finestrino anche suo padre e il padre di lei, lo zio Mario; sporgevano i visi tondi e abbronzati, dai baffi un po' lunghi e spioventi come nessuno li porta più; tutt'e due ridevano, e gli facevano allegri cenni di saluto colla mano.

Scesero; e vi furono abbracci, esclamazioni, interrogazioni.

- Dov'è la cappelliera?... E come stai? Sei sempre stato bene?... La valigia nera, chi l'ha?... Sembri un po' dimagrito... E gli ombrelli?... Ci vorrà un facchino...

Poi si avviarono tutti insieme verso l'uscita, dove ciascuno porse al controllore il suo biglietto di seconda classe.

E al momento che essi uscivano, ecco arrivare Raimonda, molto elegante e corretta nell'attillato abito da viaggio cenerino. Accanto a lei camminava un uomo - un uomo che Alberto non conosceva - pallido, alto, aristocratico, sulla cinquantina. Li seguivano la cameriera e due facchini portando le poche irreprensibili valigie, i mantelli e i soprabiti.

Essa passò vicinissima, sfiorando il gruppo senza aver l'aria di accorgersene.

La sorella e la cugina di Alberto si volsero a guardarla, ridendo, con commenti ingenui.

XII.

Durante la settimana santa Alberto accompagnò

la sua famiglia di quà e di là, in chiese e cappelle, in musei e ristoranti.

Davanti agli altari di Cristo velati di nero le tre donne s'inginocchiavano, mentre i tre uomini stavano in piedi dietro a loro, aspettando che avessero finito di pregare.

Ogni sera Alberto, rientrando solo nelle sue stanze, portava nella rétina la visione di quelle tre donne inginocchiate: il cappellino nero, il cappellino grigio, il cappellino rosso; e le tre nuche dai capelli grigi, dai capelli neri, dai capelli biondi.

Chi sa che cosa domandavano a Dio quelle tre creature? Forse ciò che domandano tutte le donne. La pace? la gioia? l'amore?

Certo la cuginetta dagli occhi ceruli sotto al cappello rosso domandava l'amore. Lo domandava, o pareva domandarlo, a tutti, con tanta timida ingenuità, con tanta soave incoscienza, ch'era difficile (qualora se ne avesse nel cuore) poterglielo negare. Lo domandava coi gesti e cogli atteggiamenti, coi sorrisi e coi sospiri, coll'arrossire e coll'impallidire; con tutto lo domandava, eccetto che colla parola.

E Alberto, durante quei sette sacri giorni primaverili, vedendola camminare vezzosa e composta accanto a sè, e prendendole con affettuosa intimità il braccio sottile, più di una volta pensò che a quel muto, innocente e appassionato appello sarebbe stato dolce il rispondere.

Ripartirono.

Alberto ritornò nel suo studio e cominciò l'abbozzo di un quadro che doveva intitolarsi «Tre donne preganti».

Dopo un'ora gettò via i pennelli.

Raimonda!... Dov'era? Che cosa faceva?

Durante tutti quei giorni egli non aveva cessato di ripetersi che essa gli era uscita dal cuore; e assai se ne felicitava. Cento volte al giorno diceva a sè stesso con illogico compiacimento: - Se Dio vuole, a quella donna io non ci penso più!

E si meravigliava che gli fosse stato così facile l'oblìo.

Ma ora, ecco - era solo. E guardandosi nel cuore ritrovò l'imagine di lei: torreggiante, dominatrice, invitta.

Dov'era? Forse in riva alle acque danzanti del mare, con quell'amico grave, pallido, aristocratico, ch'egli aveva veduto passare al suo fianco?...

Alberto strinse i denti e i pugni e giurò a sè stesso che non l'avrebbe riveduta mai più.

Quella sera stessa ritornò a lei.

XIII.

Un giorno, recatosi a trovarla a un'ora inconsueta, Alberto non la trovò: la cameriera gli rispose un poco turbata:

- La signora è uscita.

- Da molto tempo?

- No, da pochi minuti.

- In quale direzione?

La cameriera accennò con prontezza a mano sinistra. Allora con uguale prontezza Alberto, cui pareva ormai di conoscere l'anima femminile, volse a destra, e si inoltrò rapido verso il Valentino.

Il Po era grigio e freddo; gli alberi brulli; i viali quasi deserti.

Giunto vicino al Castello Medioevale Alberto scorse, in un sentiero laterale, due figure, un uomo e una donna; gli parve di ravvisare il chiarore argenteo di un mantello di cincillà; affrettando il passo riconobbe davanti a lui - allontanandosi da lui - la nota figura snella e un poco languida, le esili spalle spioventi e l'andatura così caratteristica di Raimonda - andatura a un tempo affettata e negligente, come di chi bada dove mette il piede ma non si cura di dove va.

Accanto a lei, stretto al suo braccio, era un uomo: il corpo alto, dritto di spalle, sottile di fianchi denotava la gioventù. Camminavano lentamente.

Alberto sentì il sangue fluirgli in una ondata violenta alle tempia; il cuore gli batteva in gola. Precipitò il passo fino quasi a raggiungerli, poi si fermò.

Come se avesse percepito la sua presenza, anche l'uomo davanti a lui si arrestò d'improvviso e rimase immobile come in ascolto. Ma non si voltò indietro; fu Raimonda che, forse avvertita da lui, si volse a guardare chi li aveva seguiti.

Scorgendo Alberto ella ebbe un piccolo sussulto; quindi, a grande sorpresa di lui, portò rapida un dito alle labbra come per imporgli il silenzio. Rivolta al compagno, disse a voce chiara ed alta:

- È il barcaiuolo. - Poi si trasse in disparte facendo cenno ad Alberto che passasse davanti a loro.

Egli esitò; ma lanciato uno sguardo allo sconosciuto vide brillare sotto l'ala del cappello di feltro un paio di grandi occhiali azzurri. Comprese che era cieco. Allora senza una parola ubbidì alla silenziosa ingiunzione di Raimonda. Essa gli lanciò al passaggio un fuggevole sorriso.

Alberto oltrepassò rapido i due e giunto al ponte Isabella volse a destra e tornò in città.

Chi poteva essere costui?... Raimonda non aveva mai parlato di un amico o di un parente colpito da questa sventura...

Quella sera si recò da lei; la trovò pallida e commossa.

- Hai pianto! - disse lui, scrutandola.

Ella chinò il capo.

- E quel giovane d'oggi, chi era?

La donna non rispose subito; allora egli ripetè la domanda.

Ella esitò ancora un momento prima di pronunciare il nome.

- Adriano Scotti, - disse finalmente.

- Adriano Scotti... non mi è nuovo quel nome, - meditò Alberto, mentre nelle chiare pupille di lei lampeggiava uno sguardo inquieto. - Adriano Scotti... Non ricordo più che cosa ho udito sul suo conto. Qualche storia strana... - -E rivolto a lei: - È un cieco di guerra?

Ella scosse il capo.

- No, - disse affrettatamente. E subito lo trasse a sedere accanto a lei e gli parlò di un nuovo quadro di Giulio Graziani ch'ella aveva veduto alla Promotrice.

- Giulio Graziani! quell'imbrattamuri! quell'anamorfo sgorbiatore! - esclamò Alberto; e si lanciò in una disquisizione critica veemente ed arguta, durante la quale Raimonda, cogli occhi trasognati fissi in lui, pensava a tutt'altro.

PARTE TERZA

XIV.

Raimonda ora, ogni tanto, spariva. Senza preavviso, senza lasciar detto nulla, partiva e rimaneva assente talvolta un giorno solo, talvolta tre o quattro giorni, talvolta anche una settimana.

Durante quelle assenze Alberto si aggirava inquieto e sdegnato tra lo studio e la casa in corso Umberto, covando dei foschi propositi di rottura e di vendetta; poi, non appena la rivedeva, pur trovandola sciupata e intristita, pur sentendo quasi di odiarla, ricadeva sotto al fascino di lei. Ella, d'altronde, non faceva più nulla per avvincerlo o ammaliarlo. Ormai lo teneva. Lo teneva colla forza speciale della donna non bella, della donna non giovane, della donna non buona. Lo teneva, soprattutto, colla forza incrollabile della donna che ha amato e che sembra aver cessato di amare.

- Tu non sei mia come una volta, - ansava Alberto, stringendola convulso.

- Ma che idea! Ma perchè?... - diceva lei, ravviandosi i capelli.

- Ti sento diversa... lontana... Una volta eri tutto fuoco e furore...

- Mio caro, - sorrideva lei, respingendolo con soave noncuranza e accendendo una sigaretta, - se avessi continuato ad amarti con fuoco e furore, tu a quest'ora mi detestavi e mi tradivi.

Alberto protestò, sdegnato; ma in cuor suo sentiva che forse ella diceva il vero.

- Già, - riflettè lei pensierosa; - voi uomini siete strani. Amarvi come voi volete è il modo più sicuro di farci disamare da voi. Perchè voi ci amiate noi vi dobbiamo tradire.

- Tradire! - disse lui, fissandola colle ciglia aggrottate. - Tradire!... Orribile parola! Orribile pensiero!

- Orribile, orribile! - assentì lei con un piccolo brivido e socchiudendo gli occhi verdognoli. - Per un uomo, non so; ma per una donna, certo, il tradire è una cosa infinitamente triste.

- Infinitamente infame! - esclamò Alberto.

Ella parve non udirlo. Fissava in lui lo sguardo un po' velato, un po' lontano.

- Ciò che per noi donne vi è di più triste e tragico nei nostri inganni, - continuò lei, - è l'impossibilità di riamare un uomo una volta che lo abbiamo tradito. Per quanto disperatamente possiamo averlo un giorno amato, quando lo abbiamo tradito non lo amiamo più.

Alberto guardandola sentì una piccola stretta fredda al cuore.

- E questo è assai triste, - sospirò la donna, fissandolo collo sguardo trasognato. - È triste perchè rende vane tutte le sofferenze passate, tutte le gioie passate. Rende vano tutto.

- E perchè tradite, allora? - gridò il giovane, sdegnato, quasi rivolgesse quel grido a tutto il sesso frale e fatale. - Perchè tradite?

- Perchè?... Perchè?... Quando te lo dicessi non mi crederesti. - E china verso di lui gli prese la mano. - Vuoi conoscere la psicologia del nostro tradimento? Ebbene, sappi che noi donne non vorremmo tradire mai. Mai! Noi siamo per indole e per istinto delle creature tenere, fedeli, costanti, immutabili. Siamo «crampons» noi; non siamo vagabonde in amore. Quando amiamo un uomo, è per l'eternità.

Il giovane crollò le spalle con gesto incredulo. Ella continuò, veemente:

- Sì! noi amiamo con disperata angoscia, con incrollabile tenacia; amiamo con profondo spasimo di sentimento più ancora che di sensualità. La donna che ama non conosce stanchezza, non conosce sazietà; si attacca, si avvinghia, si avviticchia; e non chiede che di restare nelle braccia dell'amante, chiusa sul suo petto, per sempre!

- Ebbene?

- Ebbene, l'uomo non vuole quella frenesia di passione, quel disperato abbandono che getta la femmina ai suoi piedi come uno straccio, senza ritegno e senza volontà. L'uomo rifugge dalla catena; ha terrore dell'immutabile, dell'indissolubile, dell'eterno.

- Ma no! - protestò Alberto. - Non è vero.

Ella alzò verso l'amante il viso sottile e sagace.

- Allora noi, quasi per rassicurarlo, per tranquillizzarlo, per convincerlo che questa nostra frenesia non sarà eterna, assumiamo verso di lui degli atteggiamenti frivoli; sfoggiamo capricci e volubilità. E poichè nella morsa della passione o l'uno o l'altro deve pel primo rallentare la stretta, allora... allora perchè non sia lui, siamo noi, noi che, disperate e straziate fingiamo di volerlo lasciare! Perch'egli non ci sfugga fingiamo di volergli sfuggire; perch'egli non ci tradisca fingiamo di volerlo tradire.

- Fingete? - esclamò Alberto con una risata amara, - Se vi limitaste a fingerlo!

- Sì; da principio fingiamo soltanto. Per inquietarlo, per destare la sua gelosia, per tenerlo e trattenerlo, mostriamo d'interessarci ad altri, d'incoraggiare gli altri, gli estranei, gli intrusi che ci sono perfettamente indifferenti, o anche perfettamente odiosi.

- Già, - -fece Alberto ironico.

- E poi... e poi... visto che tutti gli uomini press'a poco si assomigliano e si equivalgono...

- Ma bene! bene! - proruppe Alberto, con un'aspra risata.

- ... e visto che l'ammirazione altrui ci rialza il morale, ci rende più gioiose, più gaie, più padrone di noi... e quindi più padrone anche degli altri...

- Allora?

- Allora... per ridarci sicurezza, per renderci più affascinanti agli occhi di colui che amiamo, incoraggiamo il nuovo arrivato finch'egli, a sua volta, s'innamora di noi. Sempre - divagò Raimonda, - l'uomo s'innamora della donna che ha l'aria di promettere e di non voler mantenere, della donna che ride di lui e piange... non per lui!

- Avanti! - fece Alberto, coi denti stretti. - Avanti pure!

Ella continuò, senza badargli, fissi nel vuoto gli occhi d'acquamarina che parevano divenuti più glauchi e più profondi.

- E viene il giorno in cui (per dispetto o per disperazione? per vanità o per follìa? per ira o per dolore?...) cadiamo in quelle braccia che si aprono a noi, cerchiamo rifugio e conforto in quell'anima ignota!... E la bocca dell'amante nuovo soffoca sulla nostra bocca il singulto che prorompe per l'altro, placa nel nostro cuore lo struggimento per l'altro, spegne nei nostri nervi il desiderio dell'altro.

Alberto si sentì impallidire.

Ella continuò, quasi parlando a sè stessa:

- E quando ci siamo date a lui... ecco che - per un fenomeno misterioso della nostra anima - è di lui che siamo innamorate! Eccoci guarite di uno spasimo, e piombate in uno spasimo nuovo. Ecco il nuovo amante che ci strazia, ci tortura, ci dilania come ci aveva straziato e dilaniato il primo...

Tacque un istante; indi riprese:

- E l'altro?... il primo?... quello che fino allora abbiamo amato sino al delirio, sino alla follìa?... Egli per noi non esiste più. È caduto dai nostri desideri come una cosa morta. È diventato per noi un essere trascurabile e insignificante; nulla in lui ci piace più, nulla in lui ci agita o ci commuove. La sua passione ci stanca, la sua bramosia ci ripugna, le sue ire ci fanno sorridere, il suo dolore ci lascia indifferenti...

Vi fu un nuovo silenzio; poi ella volse all'amante il viso un poco impallidito:

- E così la catena continua. Così noi passiamo di amore in amore, di tradimento in tradimento; noi, che non vorremmo tradire giammai!

Alberto proruppe in un'esclamazione di sdegno.

- Facile teoria!

- Ah no! No! Non facile, - disse lei, e la sua voce si era abbassata di tono; era grave, vibrante, profonda. - No; è terribile, terribile non poter mai riposare nell'amore. Non poter mai amare con abbandono, con gioia, con semplicità! È terribile, terribile dover ricominciare sempre da capo la straziante tragicommedia della passione...

- Già - fece il giovane con un sogghigno. - A sentir voi, la donna tradisce l'uomo ... perchè l'ama!

- L'hai detto, - rispose lei senza sorridere. - La donna tradisce l'uomo perchè l'ama. E quando lo ha tradito non lo ama più.

XV.

Nello studio soleggiato Alberto, in camiciotto da lavoro, stretti i fianchi da una cintura di cuoio, i capelli scarmigliati sulla fronte, dipingeva. Sbatteva delle pennellate di cadmio schietto in viso a una figura legnosa, dalle ombre di un cerulo d'acqua-marina e l'intitolava: «Donna nel Sole».

Il campanello squillò ed egli colla tavolozza alla mano, andò ad aprire.

Due uomini stavano sulla soglia. Con viva sorpresa Alberto riconobbe l'uno e l'altro. Il più vecchio - un bell'uomo, alto, aristocratico, sulla cinquantina, era quello stesso che accompagnava Raimonda alla stazione la mattina della Domenica delle Palme. Nell'altro Alberto riconobbe tosto il giovane cieco che aveva veduto al Valentino a braccio di Raimonda. Sotto il feltro a larghe falde facevano due cupe macchie i grandi occhiali azzurri.

Alberto salutò sorpreso e un po' turbato.

- La importuniamo? - domandò il più anziano dei due, mentre l'altro si teneva fermo sul limitare in atteggiamento rigido.

- Ma no, no! Tutt'altro, - rispose Alberto.

- Mi chiamo Scotti; - disse il nobiluomo - e questo è mio figlio. Egli desidera parlarle.

- Entrino, prego! - E Alberto stese la mano per guidare nello studio il più giovane dei due; ma questi si ritrasse, tenendo sempre una mano sul braccio del padre.

- C'è qualcuno qui, da lei? - domandò con diffidenza, e la sua voce tremava un poco.

- Nessuno, nessuno! - lo rassicurò Alberto.

Allora i due, tenendosi a braccetto, entrarono.

- Segga, la prego, - fece Alberto, spingendo subito verso il giovane una grande poltrona. Ma quello non ebbe l'aria di accorgersene, e rivolto al padre gli disse a bassa voce qualche parola che Alberto non intese.

Volgendosi al pittore il marchese Scotti disse:

- Mio figlio chiede se Ella può concedergli qualche momento.

- Ma s'imagini! - fece Alberto, sempre più sorpreso.

Allora il vecchio signore salutò cerimoniosamente, e uscì.

Vi fu un breve silenzio tra i due giovani; indi Alberto spinse di nuovo verso il suo visitatore la grande poltrona di cuoio.

- La prego, segga!

Ma l'altro nuovamente si scansò.

- Grazie, - disse. E soggiunse con una risatina amara: - È curioso che a noi, ciechi, non è mai consentito stare in piedi, neppure un momento. Tutti, non appena ci scorgono, si affrettano a spingerci in una seggiola o una poltrona. È un fenomeno curioso...

- Perdoni, - fece Alberto un po' mortificato. E rimase anche lui in piedi, in faccia all'altro, turbato da quello sguardo che, pur essendo spento, sembrava fisso in lui.

Dopo un attimo di silenzio il giovane cieco riparlò.

- Ella conosce il mio nome? Mi chiamo Adriano Scotti.

- Felicissimo! - fece Alberto e stese la sua mano. Ebbe poi un momento di umiliata tristezza poichè l'altro non si era accorto di quel gesto. La mano gli ricadde lungo il fianco.

- Ella, se non erro - continuò Adriano Scotti, - sta facendo il ritratto di una signora... di una signora che io conosco...

- La baronessa Ferrari?

- No, - rispose l'altro, secco secco. - La signora... - esitò, quasi schivo di pronunciarne il nome; - la signora... Rosàlia...

Alberto lo interruppe.

- «Rosàlia»? No. Non conosco Rosàlie.

L'altro parve impazientirsi.

- Come no? Se me l'ha detto la signora stessa...

- Io non conosco alcuna Rosàlia, - ripetè Alberto.

- Lei - insistette l'altro, e la sua voce tremava ancor più, - sta dipingendo una Madonna che è il ritratto di una signora che io conosco.

- Ah! la Madonna di Laghet? Sì, è vero; mi sono infatti inspirato a una signora... un'amica... Ma essa non ha posato per me. E non si chiama Rosàlia. Si chiama Raimonda, - concluse Alberto.

Il cieco crollò nervosamente le spalle.

- Raimonda o Rosàlia... è tutt'uno, - disse impaziente, e Alberto vide sopra gli occhiali azzurri aggrottarsi le fini sopracciglia. Subito si sentì preso da rimorso e da pietà; per un attimo aveva scordato la sventura del suo interlocutore.

- Ebbene? - chiese in tono di maggiore dolcezza: - dato che è così... in che cosa posso io servirla?

- Anzitutto, - disse il giovane a bassa voce, e un fiotto vermiglio gli salì alle tempia, - mi conduca dove posso... guardare quel ritratto.

Commosso, Alberto lo prese per mano e lo condusse nello studiolo attiguo, dove su di un cavalletto sorrideva blanda la sua Madonna di Laghet, una Madonna dagli oblunghi occhi verdi un poco sciupati, dalle fini narici sensuali, dalla socchiusa bocca che pareva ritoccata al cinabro di Dorin.

- Com'è? - chiese il cieco a bassa voce, e sporgendosi a toccare lievemente colla punta delle dita l'orlo della tela. - Me la descriva.

- È diritta in piedi; sulle spalle ha un manto d'oltremare, - disse Alberto a bassa voce contemplando l'opera sua, la suggestiva figura che di sacro non aveva nulla se non la tenue, nebulosa aureola vagamente accennata dietro alla fine testa moderna. - Ha il sole nei capelli e l'ombra negli occhi. Tiene tra le mani, con sussiego, un teschio, un teschio giallolino chiaro...

- Perchè un teschio? - esclamò il giovane.

- Ma sapete pure, - rise Alberto - in pittura... un buon teschio fa sempre bene. D'altronde se gliel'ho messo tra le mani - soggiunse, fissando pensieroso il suo quadro - è perchè l'ho proprio veduta così.

- Veduta così? Dove? Quando?

- È venuta qui un giorno, e ha veduto sullo scaffale un teschio. L'ha preso, l'ha tenuto tra le mani... così... per un poco. Poi l'ha baciato...

- Dia qui, dia qui, - interruppe l'altro, stendendo le mani vagamente nel vuoto. - Dia anche a me.

Alberto obbedì; prese dallo scaffale il teschio gialliccio e glielo pose nelle palme. Subito le dita lunghe del giovane lo sfiorarono cercando le vuote orbite degli occhi.

- Anche tu, anche tu sei cieco, - mormorò, chino sul lugubre oggetto; - sei cieco e sei più spaventoso di me. Eppure, ella ti ha baciato! - E abbassando il capo poggiò la fronte sul lucido cranio glabro. Così inclinato non gli si vedevano più gli occhiali, non si vedeva che il giovanile capo adorno di bruni capelli ondeggianti.

E Alberto pensò:

- Che bel quadro, macabro e suggestivo!

L'altro alzò la fronte lievemente arrossata.

- E forse... forse siete cieco anche voi, - disse al pittore - cieco più di me, e più di questo!

Alzò le mani col teschio tondo e biancheggiante fra le dita. Poi indicando con un cenno del capo la tela:

- Non è, di noi tre, che lei... che lei che vede chiaro!... Noi brancoliamo nel buio. Essa ci guarda... e ride.

Gli sguardi di Alberto andarono dalle vuote occhiaie del teschio agli occhiali azzurri del giovane, e da quelli alle glauche iridi della donna dipinta. Un profondo turbamento, un turbamento come di sogno lo teneva.

Poi mosso da un profondo irresistibile impulso si sporse in avanti verso il pallido giovane; e sopra quel simbolo di morte che li separava, lo baciò in fronte.

Allorchè, un'ora dopo, il marchese Scotti venne a prendere suo figlio, i due giovani si lasciarono con una lunga stretta di mano.

- È promesso?... - chiese Adriano, fermo sul limitare.

- È promesso, - rispose Alberto, a voce bassa.

XVI.

E la promessa fu mantenuta.

Rivedendo Raimonda quella sera stessa, Alberto le narrò la visita ricevuta, e soggiunse:

- Egli ti prega di andare a trovarlo a Muralto. Te ne supplica. Io ho promesso per te, che ci andrai.

- Tu!... hai promesso per me? - Ella lo fissò con uno sguardo strano.

- Sì, ho promesso, - fece Alberto con l'espressione testarda di un fanciullo ostinato. - Mi ha detto che non lo ricevi quando viene a cercarti, che non rispondi quando ti scrive... Era molto infelice.

Raimonda lo fissava collo sguardo gelido e il sorriso cattivo.

- Sta bene. Poichè sei tu, proprio tu, che me lo chiedi, andrò.

E stringendo le labbra in una linea dura, mise fine alla conversazione prendendo un libro dalla tavola.

- È uno sventurato, - continuò Alberto dopo un silenzio. E per debito di coscienza insistette: - Andrai domani?

- Sì, sì; andrò domani. All'alba, - fece lei, ironica.

- No. Perchè all'alba? Va nel pomeriggio, - disse Alberto. - Ed io, verso sera, verrò a prenderti.

Stese la mano ad accarezzare le dita di Raimonda, strette come una piovra bianca intorno alla copertina del libro. - Farai una buona azione, - soggiunse un po' commosso.

- Sì, sì, sì - disse lei, - e si alzò. Gli battè leggermente la mano sulla spalla in quel gesto di indulgente superiorità che al giovane spiaceva assai, e lasciò la stanza.

All'indomani mattina, allorchè Alberto si recò a chiedere nuove di lei, gli dissero che alla prim'ora ella era partita.

XVII.

Cadeva già il crepuscolo - un grigio crepuscolo autunnale - quando Alberto all'indomani scese alla stazione di Muralto e prese la biancheggiante via maestra che conduce in breve salita al Pian del Cigno e alla vecchia villa dei marchesi Scotti di Castellazzo.

Riconobbe l'entrata del parco descrittagli dal giovane, decifrò il nome sul cancello; lo schiuse ed entrò. Il giardino era triste e incolto, le aiuole senza fiori, il viale maculato e molle di vecchie foglie infradiciate.

Per quanto Adriano Scotti gli avesse descritto lo stato di rovina in cui era caduta la vecchia dimora patrizia della sua famiglia, nobilissima ma ormai quasi povera, Alberto provò un senso di sconforto, quasi di sbigottimento, davanti alla decadenza e l'abbandono di quel luogo. Si avanzò a passi lenti, spiando le finestre: nessuna di esse era aperta o illuminata.

I suoi passi non fecero rumore sulla superficie umida e fangosa del viale; ma quasi subito, sulla porta della villa, in cima alla breve scalinata di marmo, comparve la figura smilza del giovane cieco.

- Chi c'è? - domandò con la voce giovanile un po' vibrante. E subito ripetè con tono inquieto la domanda: - Chi c'è?

Alberto rallentò il passo.

- Sono io. - E pronunciò il suo nome.

- Ah! - fece il giovane, e rimase immobile sulla soglia.

Così ritto e immoto sullo sfondo nero della porta, aveva qualcosa di macabro e di spettrale, con quei due grandi cerchi scuri al posto degli occhi.

Alberto si avvicinò un poco titubante.

- Sono venuto a cercare... la signora... Mi ha pregato di venirla a prendere e riaccompagnarla in città.

Il cieco trasalì. Indi disse con tono aspro:

- Non è qui.

- Non è qui? - esclamò Alberto, fermandosi ai piedi della breve scalinata. - Ma come... non è qui?

- No. Non è venuta.

Alberto lo fissò stupito.

- Eppure... è partita di casa stamattina.

L'altro si strinse nelle spalle.

- Ah? è partita? - Ebbe un'amara risata. Poi chiese: - Vuole entrare? - E si trasse in disparte per lasciar libero il passo.

Alberto salì i quattro scalini ed entrò nella casa.

Adriano lo precedette camminando spedito e sicuro in quell'ambiente a lui noto. Traversarono la vasta anticamera buia e fredda; indi il giovane cieco aprì la porta di un salone, vasto anch'esso e buio e desolato.

- Non vorrei disturbare... - mormorò Alberto, esitando sul limitare.

- Entri, entri! - fece l'altro con una lieve nota d'impazienza; e Alberto obbedì.

Il cieco chiuse la porta, e Alberto si guardò intorno. La grande stanza, invasa dal crepuscolo e drappeggiata alle due finestre da ampie tende, era quasi buia. Già, pensò con mestizia Alberto, di questo il suo giovane ospite non si accorgeva!

Con una stretta di pietà al cuore Alberto obbedendo a un breve - S'accomodi! - depose sul divano cappello e soprabito. Indi sedette in una poltroncina accanto al caminetto spento.

Adriano Scotti prese posto in faccia a lui vicino al tavolo, e sedette appoggiando il gomito e velandosi la fronte colla mano.

Dopo un breve silenzio parlò:

- Che cosa le ha detto ieri Rosàlia? - domandò a bassa voce.

- Che sarebbe venuta qui stamane.

- È tutto il giorno che l'aspetto. - E il giovane alzò nella penombra il triste viso mutilato, fatto più bianco per le due chiazze scure dell'orbite.

Un'onda di tristezza immensa invase il cuore di Alberto. E alla tristezza si mesceva un senso di disgusto, di nausea della vita, di orrore di sè, e di costui, e della donna che li faceva soffrire entrambi.

- Crede che verrà ancora? - chiese l'altro e la sua voce pareva quella di un bambino malinconico e pauroso. - Crede che verrà? Poichè le ha detto di venirla a prendere?...

Alberto non rispose; e i due sedettero immobili, silenziosi nel buio.

D'un tratto Alberto trasalì. Aveva udito dei passi nell'andito. Ma il suo compagno scosse malinconicamente il capo.

- No. Non è lei.

Si bussò alla porta. Nessuno dei due rispose; allora l'uscio si aprì e sulla soglia comparve una contadina con una candela accesa in mano.

Parve stupita di vedere l'estraneo.

- La cena è pronta, signor Adriano, - disse. - Non vuol mangiare?

Quegli rispose: - No!

La contadina rimase, un po' perplessa, sulla porta.

- Non le occorre niente?

Il cieco ripetè: - No.

Gli occhi della donna vagarono incerti dal padrone allo sconosciuto visitatore.

- Vogliono il lume?

Stavolta fu Alberto che, visto il silenzio del suo compagno, rispose: - No!

Un'altra breve pausa, poi la donna disse:

- Allora me ne vado?

Nessuno le rispose, ed ella, dopo un istante d'incertezza, richiuse l'uscio e si allontanò.

Si udirono i suoi passi aggirarsi per la casa, indi il cigolio della porta d'uscita; un fruscio sul viale... poi più nulla.

E di nuovo il silenzio cadde sui due uomini seduti in quella stanza ormai completamente immersa nell'oscurità.

Ad Alberto pareva di essere piombato in un fantastico sogno pauroso; gli pareva di essere cieco anche lui, trascinato dal suo compagno silente in un nero abisso di tristezza.

Finalmente, quando i suoi nervi non poterono più reggere alla tensione di quel silenzio, egli si scosse e si alzò.

- È inutile che io aspetti, - disse. - Certo non verrà più.

E come un'eco più triste gli giunse nel buio la voce del suo compagno:

- Non verrà più.

E d'un tratto sentì che quello si abbatteva colla fronte sul tavolo e piangeva.

Allora stese la mano cercando quella del giovane. La trovò; era madida e fredda.

Scosso da un profondo sgomento, Alberto mormorò:

- Ditemi che cosa posso fare per voi?

Ora l'altro piangeva davvero; piangeva come un bambino, scosso da disperati singulti. Alberto si chinò e gli cinse la spalla col braccio.

- Ditemi, ditemi che cosa posso fare?

- Restate qui! - mormorò l'altro. - Restate con me! Non mi lasciate. Ho paura, qui, solo nel buio, coi miei ricordi... coi miei terribili ricordi...

E per tutta la notte Alberto restò con lui, nel silenzio, nella solitudine, nell'oscurità.

Nelle ore che precedono l'alba, quando la vitalità è più bassa, più profondo lo spavento della vita e il bisogno di aggrapparsi a un'altra anima, fu Alberto che, tenendo stretta la mano del compagno, narrò la sua angosciante vicenda di passione.

- ... Ed io non so, - concluse, - non so perchè l'amo! Non so neppure se l'amo. So che soffro, soffro...

Allora l'altro, a sua volta, parlò:

- Ascoltami. Io, cieco, ti aprirò gli occhi.

XVIII.

- Io conobbi Rosàlia (da voi si fa chiamare Raimonda?...) quattro anni fa.

Io allora ci vedevo.

La trovai al letto d'agonia di un giovane ch'era stato mio compagno di scuola: Angelo Silvani. Forse ne avete sentito parlare: era quel violinista che si avvelenò, così drammaticamente, durante un suo concerto... tra un pezzo e l'altro... Ricordate? Tutti i giornali ne parlarono.

Non so perchè egli volle quella fine orribile e sensazionale. Non so perchè Rosàlia si trovasse presente alla sua agonia. Essa non me l'ha mai detto. So che, vedendola per la prima volta a quel capezzale di moribondo, ella non mi piacque; la trovai quasi brutta, insignificante, trascurabile.

La sera che Angelo spirò eravamo in molti vicino a lui. Ella d'un tratto diede un urlo e mi cadde svenuta ai piedi. Mio padre ed io la portammo a casa sua; e all'indomani andammo a chiedere sue nuove. Io vi tornai l'indomani ancora, e i giorni susseguenti.

Probabilmente ero anch'io, agli occhi suoi, un essere nullo, insignificante, trascurabile. Certo non avevo alcuna qualità speciale e impressionante; non ero nè molto brillante, nè molto bello, nè molto ricco. Ero come tanti; ero come tutti. Ero giovane, null'altro. Studiavo legge senza eccellere; facevo della musica mediocre; scrivevo dei brutti versi. Ero insomma un giovinotto qualunque.

Come avvenne che quella donna si accorgesse di me, si incapricciasse di me? Non lo so. So che d'improvviso mi trovai afferrato da lei, ammaliato da lei, dominato da lei. Ella mi vinse, mi cinse, mi avvinse a lei con subdole arti, con sortilegi malefici. Versò alle mie labbra il filtro delle più raffinate lusinghe, delle più ricercate perversità...

Ed io, pur ribellandomi, pur riluttante, pur non amandola - anzi, detestandola quasi! - divenni suo schiavo, cosa sua.

Ed io, pur ribellandomi, pur riluttante, mai, nè un giorno, nè un'ora, nè un attimo di felicità.

Era una tortura la sua passione. La sua ferocia, la sua gelosia, financo la sua lussuria, così macabra e morbosa, mi martoriavano la carne e lo spirito. Essa era un'amante spaventosa, mostruosa.

Aveva sopratutto la fissazione, l'ossessione continua della sua età, del suo declinare fisico a raffronto della mia giovinezza.

La mia giovinezza! era per lei un delitto. Pur essendo la fonte unica della sua passione per me, ella la odiava e la temeva.

- Come sei giovane! come sei giovane! - sospirava in un singulto, carezzandomi la fronte. - Che meraviglia!... - E poi, abbassando la voce: - E che orrore! ah, che orrore!...

E si abbatteva su me con una frenesia in cui vi era quasi dell'odio.

Era costantemente preoccupata della sua apparenza, del suo aspetto di fronte a me.

- Non guardarmi, non guardarmi! - esclamava sovente, quando io rivolgevo gli occhi a lei. - Vorrei che tu non mi vedessi!

E soggiungeva piano: - Vorrei che tu... non ci vedessi!

Questa idea divenne una manìa, una fissazione. Non volle ricevermi che di sera. Ci incontravamo quasi sempre nelle tenebre. Se arrivavo di giorno ella teneva chiuse le imposte e abbassate le tende; poi, anche di sera velava di rosso cupo i lumi; o li spegneva.

Io ne soffrivo. Aborrivo tutto quel buio.

- Anch'io, anch'io - esclamava lei - lo aborro! Vorrei vederti, vorrei guardarti! Vorrei bere con gli occhi la tua bellezza... Ma tu, tu non devi vedere il mio triste volto sfiorito!

Talvolta mi implorava, umile e lusinghiera: - Tieni chiusi i tuoi occhi, ed io lascerò entrare la luce. Ma tu, tieni chiusi gli occhi...

Ed io, docile, chiudevo gli occhi.

Allora la udivo spalancare finestre e imposte; poi sentivo su di me fisso e intenso il suo sguardo: pareva che mi bruciasse, che mi lambisse come una fiamma.

- Ah! come sei bello! come sei bello! - E si avventava sulla mia bocca con una furia di passione, togliendomi il fiato, bevendomi l'alito con lunghi singhiozzanti respiri.

Allora se io schiudevo le palpebre, subito su di esse si abbatteva la sua mano, la sua mano fresca e leggera, ma inesorabile. E sentivo nella sua bocca il rauco singulto:

- No! no! Tu non devi guardarmi! Vorrei spegnere il tuo sguardo perchè non mi vedessi più.

Talvolta ella m'inebriava non solo della sua perversa e raffinata lascivia, ma ancora di liquori strani, di bevande esotiche e sconosciute, di droghe stupefacenti od eccitanti. E a me pareva di vivere di una vita chimerica, inverosimile, rimossa dall'elementare esistenza quotidiana. Mi pareva di raggiungere altezze di lussuria e abissi di depravazione riservati a pochi esseri umani, privilegiati ed eccezionali.

Un giorno fui invitato da un amico, Ignazio Weill, ad una festa in casa sua. Weill era stato anch'egli, come Silvani, mio compagno di scuola e d'università; laureati, io in legge e lui in medicina, ci eravamo da qualche anno perduti di vista. Da studenti lo chiamavamo «Ignis» o «Ignatius... Fatuus», perchè ogni momento ci annunciava qualche sua idea straordinaria, qualche sua «trovata luminosa» che poi per lo più si spegneva nel nulla.

Ed ecco che dopo aver vagabondato un paio d'anni per l'Europa e l'America egli ricompariva tra noi e invitava gli amici di un tempo all'inaugurazione di un lussuoso alloggio e di uno studio magnifico in Piazza Cavour.

Egli annunciò che avremmo veduto anche una installazione misteriosa e speciale in cima alla sua casa, una specie di «Roof-garden» all'americana.

«Vedrai, caro Scotti», mi diceva nel suo biglietto d'invito, «vedrai gli splendori di questa mia nuovissima idea luminosa!».

E aggiungeva un poscritto:

«Porta teco amici... e amiche!».

Alla sera fissata Rosàlia dichiarò che sarebbe venuta con me. Questo mi stupì, poichè di solito non voleva uscire; nè le piaceva vedermi in compagnia d'altri. Ella, come la maggior parte delle donne innamorate, aveva creato intorno a me il completo isolamento.

Non vi era che Pierino Alessi, un innocuo giovane, mezzo esaltato, mezzo deficiente, che fosse ammesso talvolta ai nostri incontri. Anche a questa festa egli si accompagnò a noi.

Rosàlia in quella sera fu bella come io non l'avevo veduta mai. Non so a quali arti avesse ricorso, o se era soltanto la passione e l'allegrezza, - e un meraviglioso vestito tutto a squame d'argento - che la trasfiguravano così. Certo è che la nostra entrata nelle sale di Weill fu trionfale.

Già ferveva il frastuono e la giocondità; un'orchestrina pseudo-boema strepitava inascoltata tra le risa e i clamori.

Weill, lungo, magro, un po' spiritato, ci diede con esuberanza il benvenuto.

Vi erano poche donne, e me ne rallegrai per Rosàlia che le detestava cordialmente.

Si cenò in un frastuono di conversazione allegra; e sul finire avevamo tutti bevuto troppo, fumato, parlato e riso troppo.

Weill, seduto a capo tavola, si lanciò in una lunga dissertazione scientifico-poetica a cui nessuno diede ascolto; già, eravamo esaltati ed eccitati dai vini, dalle sigarette drogate e dalla nostra esuberanza stessa.

Tentando di vincere il frastuono, egli ci spiegò che mancava all'umanità un rimedio universale, un vero antidoto contro tutti i mali. Ora, questo specifico miracoloso, lui, la Germania e l'America insieme, l'avevano trovato.

Naturalmente, l'idea era sua; i tedeschi l'avevano concretata e applicata, e gli americani l'avevano sfruttata.

Mercè questa scoperta non solo egli diventava milionario, ma l'Italia, ma l'umanità intera si prostrerebbe ai suoi piedi in una frenesia di ammirazione e di riconoscenza.

- E sapete di che cosa si tratta? Sapete che cos'ho, io, imprigionato quassù sotto al tetto? Il sole! In una lampada a mercurio in quarzo io ho fabbricato... il sole artificiale!

Noi urlammo ed applaudimmo. Ed egli continuò:

- Voi sapete della scoperta di Erlangen... avrete pur sentito parlare di Erlangen...

- Sì, sì! - -gridammo noi, che non sapevamo se Erlangen fosse una persona o un paese.

- Ebbene, voi sapete che a Erlangen oggi si esperimenta coi raggi Roentgen portati alla potenza di trecento mila volts, e che si scioglie un tumore in tre giorni invece che in sei mesi. Ebbene, quei raggi, come d'altronde anche quelli del radium, non hanno che un'azione puramente locale. Ma i miei raggi, i miei portentosi raggi ultra-violetti, agiscono su tutto l'organismo! Io posso con essi guarire ogni morbo che affligge l'umanità.

- Ed ora - terminò con voce stentorea - à la tour de Nesle!... A miracol mostrare!... Venite, venite a vederla, questa mia ultima sublime idea luminosa!

Lo seguimmo sul pianerottolo e su per le scale, ridendo sgangheratamente, inciampando e barcollando. Rosàlia stretta al mio braccio rideva, rideva anche lei, bella e sguaiata, colla bocca aperta e gli occhi socchiusi.

- Silenzio! - comandò Weill, fermandosi davanti a una grande porta chiusa.

Indi, con ampio gesto, ne spalancò i due battenti.

Buio completo!

Noi scoppiammo in rinnovate risa. Bella! Bella l'idea luminosa di Weill!...

Ma ecco da un angolo, e poi da un altro, e poi da tutte le parti un subitaneo crepitìo e scintillìo! Ecco, nel nero dello stanzone, accendersi di qui, di là, da tutte le parti, dei lumi color di rosa, d'un rosa violaceo, tenero, meraviglioso. Per un attimo parve che le quattro pareti della stanza fiorissero di rose fiammeggianti, raggiassero di rubini incandescenti.

Stupiti, trattenevamo il respiro.

Poi le luci rosate si spensero d'improvviso, e la banale luce elettrica, bianca, cruda e sgargiante ricomparve.

Noi profani ascoltammo allora le spiegazioni dell'amico: le rose accese erano i raggi ultra-violetti dello spettro solare; questi raggi, dosati con precisione, avevano la facoltà di distruggere ogni bacillo, e quindi di guarire ogni male. Applicando a qualsiasi parte inferma del nostro corpo per pochi minuti i tubetti di vetro traverso i quali passava il raggio miracoloso, la guarigione, dopo poche applicazioni, era compiuta.

- Avete la tosse? - gridò Weill, - applicate al petto questa placca di vetro! - E staccò dalla parete un vetro foggiato come una cassetta quadrata e leggermente concava, vi fece brillare la luce rosata e se l'applicò allo sparato della camicia.

- Avete una gastralgia? - Staccò un'altra placca di vetro più grande e se la poggiò sull'epigastro. - Avete un raffreddore? - Due sottili tubetti di vetro s'illuminarono della tenue luce calda ed egli se li introdusse nelle nari. - Vi cadono i capelli? - Accese sopra alla sua testa una grande cappa tonda di luce rosata. - Mettetevi qui sotto per sette od otto minuti ogni giorno, e in un mese avrete una chioma da Assalonne. Avete tumori? escrescenze? cancri? Coi raggi ultra-violetti estremi tutto si guarisce.

Noi, ridendo, ma pure colpiti dalle sue asserzioni, giravamo, accendendo qua e là nei tubi di vetro la luce miracolosa.

- Attenti! - urlò Weill. - Non toccate! Non fissate a lungo gli occhi in quella luce! Vi accecherebbe.

Impressionati ci ritraemmo. Indi felicitando Weill, con applausi, scherzi e risa, ridiscendemmo le scale e tornammo giù alla musica, alle bevande, al fumo e al profumo della grande sala a pian terreno.

Vi ritrovammo Pierino Alessi che non si era staccato dal pianoforte e lo schernimmo, rimproverandogli la sua inerzia e incredulità. Ma egli, scettico e indolente, crollò le spalle; e continuò a modulare le sue barocche dissonanze finchè l'orchestra boema, avendo cenato, rientrò e affogò coll'assordante «jazz» le querule note del pianista.

Poi Lo Cursio suonò l'oboe, Clerici diede un'audizione di tamburo, Marchesini ululò dei canti negri e la piccola Ralli, la greca amica di Weill, eseguì la sua famosa «Danza di Tanagra», fra gli scroscianti applausi della baraonda.

Rosàlia rideva come gli altri e con gli altri; ma era impallidita e la sua bellezza di poc'anzi si era spenta.

Io conoscevo quell'improvviso spegnersi della bellezza sul suo volto di donna non più giovane! Appariva stanca e rilassata. Sulle guancie le si erano scavati due solchi, gli occhi s'erano infossati, e anche il collo pareva smagrito. Sembrava tutta improvvisamente avvizzita e sgualcita.

Con un sorriso forzato rivolse a Weill quel suo volto dolente.

- E il vostro rimedio miracoloso? Guarisce anche il male... del tempo?

- Del tempo? Ma il tempo non esiste! - rise Weill. - È una convenzione; è una relatività. Noi c'infischiamo del tempo e dello spazio! L'unica dimensione che ancora va abolita è... la distanza...

E cingendo la vita alla danzante Ralli la trasse violentemente a sè e la baciò sulla bocca.

Rosàlia si volse a me che le stavo accanto, e mi guardò. Era pallidissima. Il suo volto era contorto in uno spasimo; i suoi occhi fiammeggiavano in una specie di frenesia.

Io che la conoscevo, compresi quello sguardo: ella non avrebbe voluto ch'io vedessi quel bacio! L'idea che, in mia presenza, un'altra donna all'infuori di lei potesse accendere il desiderio di un uomo, chiunque egli fosse, la rendeva convulsa, folle, disperata.

... Ella mi fissava, ansante, con quella furia di passione che pur rendendola più conturbevole la imbruttiva.

Quasi mi leggesse in viso tale pensiero, ella allungò d'un tratto la mano, e col suo gesto così noto, mi coprì gli occhi:

- Non guardarmi! non guardarmi! - singhiozzò.

Io le afferrai il polso, e allontanando dalle mie palpebre quelle sue dita febbrili, gliele baciai e le morsi, ebbro ed aberrato.

- Ah! - fece ella in un singulto che si perdette nel clamore che ci attorniava, - vorrei, vorrei... non so che cosa vorrei!... Ma mi pare che darei la vita perchè tu non mi vedessi più, mai più! E perchè tu non vedessi... - i suoi sguardi si fermarono su Ralli, ridente e riversa tra le braccia di Weill - ah! soprattutto perchè tu non vedessi mai nessun'altra donna!

Io l'ascoltavo smarrito, titubante, con la testa in fiamme. Non so che cosa essa volesse dire, non so che cosa io volessi fare. Certo ero ubbriaco, ero completamente ubbriaco.

- Tu vorresti... vorresti?... - balbettai. E tacqui.

Come un'eco uscì dalla sua bocca anelante e aperta:

- E tu?... Vorresti?... vorresti?...

Un immenso brivido mi scosse. Le afferrai il gracile polso.

- Dillo! dillo il tuo pensiero! Spaventosa e iniqua creatura!... dillo... dillo ciò che vuoi... dillo ciò che tu pensi!

Ella taceva, fissandomi colle pupille dilatate. Un fiotto vermiglio le correva sotto la pelle. Era tornata bella; era tornata subitamente meravigliosa e magnifica.

- Io farò tutto ciò che vuoi. Capisci? Tutto ciò che vuoi!

Ella ebbe un singulto estatico.

- Ah, se fosse vero! Se tu mi amassi... fino a quel punto!

Come colpito dalla folgore compresi. Mi volsi e mi guardai intorno. Vidi Alessi; s'era rimesso al pianoforte e tempestava degli accordi stonati, il capo gettato all'indietro e gli occhi chiusi.

Io lo afferrai pel braccio. Non connettevo, non ragionavo... delle idee confuse e folli mi turbinavano nel cervello. Sentivo che, da solo, non avrei osato...

- Alessi! vieni, - gridai, e il singulto dell'ubbriachezza mi rompeva la voce. - Vieni a vedere le meraviglie di Weill!

Lo trascinai fuori e su per le scale. Barcollavamo e inciampavamo ad ogni passo, ebbri qual'eravamo tutti e due. Io gli stringevo il braccio come in una morsa, gridando delle parole insensate e sconnesse.

- Il rimedio... il rimedio a tutti i mali... vieni! vedrai!...

Giunti all'ultimo pianerottolo spinsi con violenza il battente della grande porta, e il laboratorio si aprì davanti a noi, nero come una caverna.

Brancicando, con mosse confuse, cercai gli interruttori della luce mentre coll'altra mano attanagliavo il braccio magro di Alessi.

Questi si divincolava gemendo: - Cosa fai? cosa fai? Lasciami andare!

Abbandonai il suo braccio. Avevo trovato l'interruttore e fatto scattare la luce elettrica. La rispensi subito. Avevo scorto gli altri interruttori - quelli della luce rosa!

Li girai.

Ed ecco raggiare nel vasto vano, di qua, di là, da tutte le pareti, quelle stelle color di viola rosato, a un tempo dolci e violenti.

Traversai barcollante e precipitoso la stanza. Sentivo il pavimento sollevarsi e abbassarsi in ondate alterne sotto ogni mio passo. Mi lanciai verso il fondo della sala verso la grande placca che Weill aveva acceso per la prima... Ardeva, ora, appeso alla parete, il gigantesco ciclame incandescente; brillava di un fuoco vivido e soave, che mi faceva pensare a un torrente di rubini sciolti nel latte.

Lo staccai dal muro tenendolo nelle mani, quel portentoso e spaventevole gioiello.

- Eccolo, Alessi, eccolo il rimedio a tutti i mali!... Il male degli occhi, sai qual'è? È la vista! La vista delle cose belle che ci stordiscono, la vista delle cose laide che ci disgustano, la vista delle cose tristi, delle cose triviali, delle cose nefande!...

Urlavo così, fissando nel fulgore cremisi i miei occhi sbarrati. Ora nelle mie pupille si accendevano sprazzi di rosa... s'infiggevano pugnalate di rosa... il mondo era un immenso incendio rosa!...

E adesso intorno al rosa appariva un cerchio viola, d'un viola cupo, d'un viola folle, d'un viola non mai veduto!... Ed ora mille altri colori balenavano saettavano sprizzavano intorno a me. Ero circondato di fuoco multicolore, di fuoco verde, di fuoco bianco, di fuoco nero... e traverso tutto questo balenìo questo lampeggìo questo sfolgorìo policromo, sempre delle pugnalate di rosa mi si figgevano nelle pupille...

D'improvviso tornai in me. Con un urlo volli distogliere lo sguardo da quella voragine rosata; non potevo; le mie pupille erano inchiodate, avvitate a quel rutilante braciere.

Sentii Alessi che gridava: - Cosa fai? Vieni via, vieni via!

L'universo turbinò...

Udii delle grida, degli urli, udii... non so che cosa...

Caddi in avanti, prono, colla faccia in quel barbaglio rosa, colla faccia sulla lastra accesa... spezzandola!

(Alberto ascoltava inorridito. Avrebbe voluto non udir più; avrebbe voluto non vivere più.

Lontano nella notte un cane abbaiò ed ululò nell'alto silenzio della campagna deserta.

E Adriano riprese il suo racconto.)

- Quasi prima ch'io riavessi il senso di esistere, ebbi il senso del dolore. Era un dolore atroce, lancinante, al capo, alla fronte, alle tempia.

E accanto al senso del dolore vi era il senso della paura: una paura frenetica, delirante...
non sapevo di che.

Ma ecco - fluttuante, scomposta, sconnessa, come lacerata in mille brandelli - mi ritornò
la memoria.

I raggi.... la placca di vetro... Rosàlia... Weill... l'ultra-violetto estremo... Alessi... i
raggi... i miei occhi!...

I miei occhi!... Ora li aprirei.

I miei occhi!... Ora m'accorgevo che tutto il dolore - quel terribile dolore, quel senso
atroce di schianto come se mi si frantumassero le ossa della fronte! - era nei miei occhi.

Adesso li aprirei.

Ma ecco di nuovo il senso di terrore... un terrore mostruoso che mi prendeva alla gola,
soffocandomi.

Con un urlo mi rizzai a sedere, stesi le braccia - sbarrai le palpebre...

E vidi! Vidi.

Nella penombra della camera - la camera di Rosàlia - delle figure, delle ombre stavano
intorno a me. C'era Weill, e mio padre, e degli sconosciuti... e Rosàlia... Stesi la mano a
lei; ella si precipitò verso di me e cadde a ginocchi accanto al letto.

Gli altri sparirono; svanirono come spazzati via in una nebbia. Non rimase che Rosàlia...
e il dolore. Il dolore, lancinante, trafiggente, nelle mie tempia e nelle mie pupille.

- Iddio! Iddio, siete buono! - gridava Rosàlia, singhiozzando e ridendo e baciandomi la
fronte, i capelli, le mani. - Adriano ci vede! Adriano mi vede! Dimmi, dimmi, Adriano,
che mi vedi!

- Sì! sì... ti vedo! - sospiravo affranto.

Ma lei non si calmava; tutta scossa da brividi e singhiozzi, col volto vicino al mio, mi
serrava le tempia tra le mani.

- Guarda! - ansava, - guarda tutto, guarda tutto! Guarda fuori, guarda il cielo!

- Dimmi che vedi! che vedi! - E cingendomi col braccio, mi sollevava perchè io vedessi
dalle finestre aperte la chiazza azzurra del cielo.

Smarrito, angosciato imploravo:

- Lasciami riposare. Non agitarmi! non agitarti così!...

Ma lei insisteva, tutta scossa da un brivido che io non comprendevo:

- Guarda!... guarda tutto!...

E se appena io mi assopivo, esausto, ella si slanciava su me con un grido:

- No! Non dormire, non dormire! Non chiudere gli occhi!

Io non comprendevo quel suo terrore; non sapevo perchè mi guardasse con quell'aria stralunata; non sapevo che cosa ella temesse ancora.

Così passarono delle ore. O dei giorni? o dei secoli? Non lo so. Weill e un altro dottore non vollero ch'io m'alzassi. Erano sempre al mio capezzale, scrutandomi con sguardi inquieti.

Io non comprendevo il perchè della loro inquietudine. Ormai stavo bene; appena qualche rara fitta di dolore alle tempia e all'occipite, un vago dolore indeterminato mi rammentava l'orrenda follìa di quella sera...

Una notte - la sesta o settima, forse - m'addormentai tardi. Ma quando mi svegliai era notte ancora; notte fitta. Tuttavia sentivo qualcuno - certo era Rosàlia - muoversi pianamente nella camera. Il suo passo leggero mi aveva forse destato?

- Rosàlia, sei tu?

- Sono io. Adriano!... - La sua voce era un ansito, rauco, irriconoscibile.

- Che fai?

Un silenzio.

- Rispondi. Che cosa fai, così nel buio?

Ancora silenzio.

E dentro di me e intorno a me qualcosa di orrendo, di indescrivibile, che mi fece gelare il sangue.

Con un urlo scattai a sedere sul letto.

- Accendi!

La mia voce era un ruggito.

Allora in quel buio Rosàlia si mise a strillare. Strillava come una creatura che si sgozza. Ed io, seduto nel letto, cogli occhi spalancati fissi nel nulla, sentivo dei brividi di gelo percorrermi a ondate il corpo, increspandomi le carni.

Lei non cessava dal pazzesco stridìo. Sentii le porte che si aprivano; dei passi affrettati; la voce di Weill, altre voci...

- Accendete! accendete! accendete! - urlavo smaniando, cercando colle braccia, con le mani, colle unghie di lacerare il buio che era intorno a me e ch'io sentivo avvolgermi, avvilupparmi come tanti fluttuanti brandelli di stoffa nera. Quel buio, come una cosa molle, morbida, mostruosa s'addensava intorno a me, a me solo... Sì! Io solo ero nel buio. Al di là dei mille drappi neri che mi circondavano, gli altri erano nella luce, gli altri ci vedevano, gli altri si vedevano... gli altri mi vedevano!

Vedevano i miei gesti scomposti, le mie braccia, le mie mani brancicanti... Atroce pensiero! Vedevano la mia faccia convulsa, frenetica. Dovevo essere orribile a vedersi, irrigidito e grottesco, colla bocca spalancata, con gli occhi sbarrati e spenti...

(Alberto, ascoltando le parole del giovane si sentì irrigidire e gelare anch'egli. Anch'egli aveva la bocca aperta e gli occhi spalancati nel buio della notte ancor fitta.

E cercava d'imaginarsi che cosa sarebbe il rimanere in quella tenebra per sempre. Anch'egli si figurava quel buio come un viluppo misterioso, come una muraglia morbida di brandelli neri fluttuanti intorno a lui; anch'egli s'imaginava di dibattersi in quell'ombra molle e mostruosa, mentre al di là, dove egli non era, dov'egli non avrebbe mai più potuto giungere, gli altri si muovevano nella luce. Gli altri lo guardavano, lo vedevano... Tremendo pensiero!

Cercò e trovò le mani fredde e magre dello sventurato; le trasse a sè; in un singhiozzo irrefrenabile si chinò a baciarle. Le mani gelide e umidicce si ritrassero lentamente dalle sue.

E la voce bassa e vibrante riprese a narrare).

- Weill voleva tirarsi una rivoltellata. Io glielo vietai.

Egli, seduto sul mio letto, sorreggendomi col braccio intorno alle mie spalle, colla sua guancia bagnata di lagrime appoggiata al mio viso, mi spiegò che i raggi ultra-violetti producevano sulla retina e sul nervo ottico delle profonde lesioni. Quella sorgente luminosa così intensa e penetrante provocava l'emorragia del fondo oculare, la paralisi delle cellule e la loro morte. Tuttavia queste lesioni non si esplicavano fulmineamente, bensì dopo un periodo di latenza più o meno lungo. Così per alcuni giorni non se ne avvertiva la gravità. Non accadeva nulla. Indi, d'improvviso - al quinto o sesto giorno - ecco... come in un soffio!... la vista si spegneva. Il nervo ottico era distrutto.

Mentre egli mi narrava questo, Rosàlia, nella sua molle vestaglia serica, stava allungata sul letto accanto a me, avvinghiata a me. Io sentivo il suo corpo, dalla punta dei piedi alla spalla, rannicchiata nell'incavo del mio braccio; il suo viso nascosto nel mio collo. E l'appassionato abbraccio di Weill e l'intenso contatto della donna mi toglievano la paura, mi davano un caldo senso di conforto e di protezione.

- Weill! se sei pietoso, fammi morire così! - supplicavo. - Dammi un veleno... fammi morire così, senza ch'io lo sappia!

Allora Rosàlia prorompeva in lacrime, e Weill mi baciava, piangendo, la fronte e le guance.

E piangevo anch'io, spaurito e disperato. Ma non triste; non veramente triste. Sentivo l'amore e la pietà di quei due esseri fiammeggiarmi intorno con tale potente intensità, da non lasciar luogo al dolore.

La donna era tutto il giorno stretta a me. La passione e l'estasi la abbatterono nelle mie braccia in un parossismo di amore, in una frenesia di sacrificio.

- Ah! ti amo, ti amo, ti amo! - gridava cento volte al giorno - Che cosa posso fare perchè tu comprenda quanto ti amo!

Fu un'epoca meravigliosa. Io non rimpiangevo nulla. Tutto il giorno (per me era sempre giorno... e sempre notte!) sentivo la presenza di Rosàlia, la sua carezza sul mio braccio, sul mio collo, sul mio viso. Appena movevo o stendevo la mia mano incontravo la mano sua, o la sua bocca che mi baciava, o sentivo sotto le dita i morbidi capelli di quella creatura abbattuta e prona accanto a me...

Venne il giorno in cui potei alzarmi dal letto.

Mi aggirai nel mio mondo di tenebre; andai tastoni, barcollando e brancolando, per la casa.

Poi m'avventurai nel giardino.

Poi per le strade.

Avevo paura, avevo terribilmente paura. Paura di ogni rumore, e il mondo pareva pieno di spaventosi fragori nuovi ch'io non avevo percepito mai! Avevo paura di cadere; paura di sbattere il viso contro un ostacolo; paura di mettere il piede in fallo; paura di attirare l'attenzione, di essere stravagante, di essere ridicolo, di essere compassionevole.

Ah! il terrore di far pietà! Era quello il pensiero che, nella immane sciagura, mi torturava di più.

Ero sempre teso in ascolto di quell'atroce parola: «Poveretto!» E l'idea che Rosàlia vedesse negli occhi altrui rivolti su me la compassione, mi metteva in furore; un furore frenetico, tigrino, un furore truculento e omicida. I sospiri repressi, le voci dolci che facevano gli estranei avvicinandosi a me mi facevano impazzire, mi davano la voglia, il bisogno quasi fisico di reagire, di insultare, di percuotere.

Anche Rosàlia, che aveva nel parlarmi una nuova dolcezza di tono, m'inferociva. E un giorno ch'essa, irritata per un nonnulla e scordando per un istante la mia disgrazia, mi aggredì colla voce dura e metallica di un tempo, io avrei pianto di gioia.

Rammento che quella sua ira fu provocata dalla visita di una fanciulla che mi portava dei fiori - una fanciulla di sedici anni: - e i fiori sentivano della sua gioventù, e lei aveva la fragrante freschezza dei suoi fiori.

In quel giorno, allorchè, rimasti soli noi due, Rosàlia fu con me viperina e insolente, io, chiuso nel mio carcere di oscurità, fui felice - profondamente, completamente felice.

Ed era felice anche lei. Me lo diceva mille volte al giorno:

- Sono felice!... felice!... felice!

E, passato il primo urto, il primo schianto di orrore, ella mi amava con una passione meravigliosa, una frenesia che mi sconvolgeva e mi rapiva.

- Tu non ami che me, - singhiozzava sul mio cuore; - tu non vedi che me... perchè tu mi vedi, è vero che mi vedi? Io sono vestita così... - E mi descriveva la sua veste, la sua pettinatura, i suoi ornamenti.

Ma presto non ve ne fu più bisogno. Io sentivo esattamente quale veste indossava, ne indovinavo financo il colore. Intuivo se ella era pallida, se aveva gli occhi bistrati, se le sue labbra erano smorte o ritoccate col carminio. E volevo che fosse bella; volevo che si facesse bella per me.

- Fàtti elegante, non trascurarti! - la ammonivo. - Pèttina meglio questi bei capelli. Voglio che tu sia bella! bella come ti ricordo... bella come quando ti vedevo.

E per un po' di tempo fu così. Rosàlia si curava, si adornava, si profumava, per me, per me solo, per deliziare la mia mente e la mia imaginazione, per ammaliare i miei sensi che la percepivano quasi più acutamente che non quando la vedevo.

Ma poi, poco a poco, senza mostrarsi meno tenera divenne più trascurata. Sentivo sotto alle mie dita la sua chioma scarmigliata; era discinto il suo corpo che si avviticchiava a me; e la udivo girare per la casa in pianelle, strascicando con passo negligente quei piedini ch'io ricordavo sempre elegantemente stretti negli arcuati stivaletti dai tacchi Louis-quinze.

Ormai essa non si dava la pena di acconciarsi che per uscire; oppure... quando veniva Weill.

Già. Weill, che nei primi giorni era sempre in casa mia, sempre angosciato e ansioso al mio fianco, aveva poi gradualmente diradato le sue visite. Ma ecco che ora tornava più sovente. Giungeva a tutte le ore, improvviso e inaspettato... O ero solo io che non l'aspettavo?

Notavo che Rosàlia smetteva bruscamente di leggermi o di parlarmi per correre a far toeletta. Cessava il rumore delle strascicanti pianelle, e per la casa risonava nuovamente il tichettìo dei tacchi alti, alitava il suo profumo d'Origan di Coty; ed io, toccandole con mano leggera il capo, le sentivo i capelli serici rassettati in morbidi ondeggiamenti...

E dopo un poco arrivava Weill.

(Adriano tacque per alcuni istanti. Alberto non osava nè muoversi nè fiatare).

- Due mesi più tardi Weill si tirò un colpo di rivoltella al cuore.

Lasciò una lettera in cui diceva:

«Ho orrore di me... Ho orrore di tutti... e della vita... Adriano, addio. Perdona!»

Morì dopo quattro giorni di agonia all'ospedale. Rosàlia ed io accorremmo al suo capezzale, ma dopo il primo giorno - sia per desiderio di lui, sia per divieto dei medici - non fummo più ammessi alla sua presenza.

Da allora in poi sparì dalla mia casa il profumo dell'Origan, e ritornò il suono strascicante delle pianelle.

(Adriano sostò nuovamente.

E di nuovo il cane abbaiò lugubre e lontano nel gran silenzio della campagna. Un lieve fruscio e crepitìo sui rami annunciò che cadeva la pioggia.

La voce del narratore si fece più bassa).

- Poco a poco subentrò... in lei? in me? chi può dirlo?... un altro sentimento. La stanchezza? Il disamore? No. Qualcosa di più profondo e di più fosco.

La passione, quella grande auto-demolitrice, agonizzava; e negli intervalli tra un frenetico abbraccio e l'altro, nei nostri cuori entrò un nuovo più cupo visitatore: l'odio!

Sì; l'odio.

Nel buio delle nostre notti insonni, nelle lunghe silenziose giornate, lo sentimmo penetrare in noi, acquattarsi nel fondo delle nostre anime.

Io sentivo nascere in me un'oscura selvaggia esecrazione di lei, di lei cui dovevo la mia sciagura. E in lei - io lo sentivo! - saliva, torbida marea, un lento, subdolo orrore di me.

E questo orrore ch'ella provava - l'orrore di me, di sè, l'orrore delle sue giornate, l'orrore delle sue notti - io lo sentivo; e la odiavo con cupa silenziosa ferocia.

Di notte, a fianco l'uno dell'altro, restavamo lì, muti nel buio, come due belve in agguato... E i nostri abbracci erano più parossistici, più furiosi, poichè in essi ruggiva la nostra oscura crudeltà, la nostra occulta brama di reciproco annientamento.

Questo durò fino a un anno fa... o due anni fa? Non lo so. Ho perso la nozione del tempo. Da allora in poi tutto è mutato.

Rosàlia lasciò improvvisamente la mia casa.

Ora viene ogni tanto a trovarmi. Resta con me qualche giorno, calma e indifferente.

Quando essa arriva, torna con lei nella mia casa il profumo dell'Origan, il ticchettio dei tacchi... I suoi capelli sono serici e ondulati...

Ed io sono stanco di vivere.

PARTE QUARTA

XIX.

Calava la notte seguente allorchè Alberto scese alla stazione e si avviò verso casa sua per le vie già oscure della città.

Allo svolto della strada il cuore gli diede un balzo. Le sue finestre, le grandi vetrate dello studio, erano illuminate. E nello studio nessuno entrava durante la sua assenza all'infuori di Raimonda.

Ella dunque era ritornata dal suo viaggio misterioso e lo aspettava lassù? Con un brivido nelle vene Alberto trattenne il passo. Indi si volse e tornò indietro. Camminò rapido, per vie traverse, senza méta; unico istinto in lui quello della fuga.

Non doveva rivedere quella donna! Non doveva rivederla mai più. Lo aveva promesso a Adriano; e la promessa fatta a quello sventurato era sacra.

Tremante, col respiro breve, correva per le deserte strade notturne, rivivendo nel pensiero le ultime ore passate in quella tragica villa lontana, in quella casa di tristezza e d'incubo. Rivedeva il giovane cieco, così come lo aveva lasciato al meriggio, disteso sul suo letto in una prostrazione così profonda da parere un deliquio; austero, pallido e immoto come una marmorea figura scolpita sovra un sarcofago. Ricordava i suoi occhi chiusi... ah! quegli occhi chiusi! quelle tragiche orbite concave sotto le palpebre abbassate!

Alberto a quel ricordo tremò. Sì. La promessa fatta era sacra. E la donna che lo aspettava, qui, a pochi passi da lui, attenderebbe invano il suo ritorno.

Si fermò di scatto per figurarsi l'incontro con lei qualora fosse avvenuto; qualora - insano pensiero! - egli mancasse alla parola data e rientrasse in quella casa dov'ella lo attendeva. La vedeva venirgli incontro con quel suo sorriso ambiguo, quel sorriso fanciullesco e furbo a un tempo, che spesso aveva al ritorno dalle sue intermittenti assenze; gli occhi verdognoli un poco infossati e la vermiglia bocca pronta ai baci e alle menzogne.

Certo, per prevenire le domande di lui, ella gli avrebbe subito chiesto:

- Dove sei stato?

E lui, di ripicco: - E tu?

Ella allora gli avrebbe sciorinato le sue menzogne, quelle menzogne fluide e facili, che solo al ricordarle gli mettevano la disperazione nell'anima, gli davano un senso di nausea fisica, profonda, indescrivibile.

E lei, per distrarlo e placarlo, avrebbe insistito:

- Ma tu? Dimmi di te! Dove sei stato? chi hai visto?

Allora egli le getterebbe sulla faccia, come una denuncia, come un vituperio, il nome di Adriano Scotti.

E lei avrebbe mentito ancora e pianto e gridato; e la stanza sarebbe stata piena di proteste, di strida e di singhiozzi...

Ah, no! basta! Finito. Egli non la rivedrebbe più. Anche se non avesse dato ad Adriano la sua parola sacrosanta, non sarebbe tornato più a quella malefica creatura che spargeva intorno a sè la sventura e l'orrore. Finito!... finito!...

E Alberto si disse che il brivido che lo percorreva a questo pensiero era un brivido di gioia e di gratitudine; era la liberazione da un incubo, era il ritorno alla vita dai profondi abissi della perdizione.

Tremante, affrettando il passo come se qualcuno lo inseguisse, s'inoltrò per le strade silenziose; quasi correndo si ritrovò davanti alla stazione.

Sostò, smarrito. Dove andava? Dove sarebbe andato? Che importa! Prenderebbe il primo treno in partenza, scenderebbe a una stazione qualunque...

Poi gli balenò il pensiero: San Vincenzo! Casa sua!... Perchè no?

Un improvviso senso di calma gli entrò nel cuore, placandone il tumulto. Sì, egli cercherebbe rifugio in quel porto di salvezza, in quell'asilo di pace - casa sua! Questa notte stessa poteva arrivarci. C'era pure un treno che partiva verso la mezzanotte.

Entrò nel vasto e risonante atrio della stazione. Interrogò un facchino assonnato. Il diretto per Verona? Era partito pochi minuti fa. Il prossimo treno? Un accelerato, alle ventitrè e quaranta.

Alberto guardò l'orologio. Aveva due ore da aspettare. Bevette un cognac al buffet; poi tornò fuori nelle strade buie e deserte.

Incerto, senza mèta, s'avviò pel lungo viale, sotto gli alberi spogli verso il fiume. Si trovò in faccia al Nuovo Ponte, dalle nereggianti statue dardeggiate di luci elettriche. Lo traversò; e inoltrandosi verso l'ombra più densa seguì la strada che sale ripida alla collina di San Vito.

Col pensiero egli già precorreva l'imminente viaggio. Immaginava l'arrivo alla casa paterna, la commossa sorpresa dei suoi, le festose accoglienze. Poi la calma, il riposo di quel sereno ambiente; la dolce semplicità di quegli affetti che gli fascerebbero come di bende rimarginatrici l'anima piagata dalle male passioni.

Sì! Era questa la salvezza. Circondato e protetto dalla vigile tenerezza paterna, dall'amorosa ansia della mamma e della sorella, e - sì! anche dalla timida adorazione della bionda cuginetta Alix, candido fiore di dolcezza - egli non temerebbe più la malìa della creatura malvagia che per quasi due anni aveva dominato la sua esistenza.

E di nuovo rabbrividì, pensando su quale strada di perdizione si era messo con costei. Che cosa aveva ella fatto di lui in questi due anni di passione? Era passata sulla sua vita come l'incendio delle praterie, devastando tutto, distruggendo tutto, lasciando dietro di sè un solco di cenere e desolazione.

Che cosa aveva egli compiuto dacchè la conosceva? Nulla; meno di nulla. Che ne era di lui come uomo e come artista? Aveva fatto qualche brutto quadro che non era piaciuto a nessuno, neppure a lui; si era guastato cogli amici, aveva rinnegato i suoi ideali, aveva disertato dai suoi doveri.

Sopratutto sentiva di essere moralmente sminuito e deteriorato.

Egli, ch'era sempre stato, per istinto e per educazione, di una lealtà a un tempo candida e ferrea, era divenuto equivoco e complesso. Mentiva per Raimonda e con Raimonda. Tutta la sua esistenza era una menzogna; ed egli non aveva più nè principî, nè volontà, nè dignità, nè fermezza. Era sulla china ineluttabile del completo avvilimento.

Quella donna che, da principio, aveva finto di interessarsi alla sua arte, che aveva ostentato un grande entusiasmo per l'opera sua e il suo ingegno - non appena era riuscita a sedurlo, a soggiogarlo, che cosa aveva fatto? Dov'erano sfumati i nobili propositi dei primi tempi quando essa dichiarava di volerlo aiutare, ispirare, spingere verso la celebrità e la gloria?

Un amaro sorriso torse il labbro del giovane a quei ricordi. Come tutto era stato falso in lei, falso e vile e menzognero! Che cosa le era mai importato di lui come artista? Che cosa contava per lei l'ingegno, l'ispirazione, l'arte? Ma se per l'arte essa non aveva che odio! odio e disprezzo e rancore, come d'altronde per tutto ciò che, anche per breve tempo, lo allontanava o lo distraeva da lei!

Ella, che pure si arrogava il diritto di seguire ogni propria fantasia, di concedersi ogni più stravagante capriccio, da lui esigeva la dedizione completa; esigeva ogni ora della sua giornata, ogni pensiero della sua mente. Nulla all'infuori di lei doveva più esistere: nè il passato, nè il presente, nè l'avvenire.

Quanto al suo lavoro, egli quasi non osava più parlarne. Ella gli aveva vietato di frequentare gli studi dei colleghi; gli aveva vietato di aver modelle; gli aveva vietato di far ritratti di donne - e financo di uomini, perchè questi potevano condurre nello studio le loro mogli o le loro figlie o le loro amanti.

D'altronde, come avrebbe egli potuto lavorare nell'atmosfera di febbrile irrequietezza ch'essa gli creava d'intorno?

Ad ogni istante, a qualsiasi ora del giorno, ella lo mandava a chiamare; gli telefonava; gli scriveva. Oppure arrivava lei stessa nello studio, perturbante e tempestosa, coi suoi sorrisi e le sue collere, le sue recriminazioni e le sue carezze; coi suoi profumi, colle sue eccentricità, colle sue snervanti storie d'avventure capitatele per via. Allora bisognava lasciar lì tutto e occuparsi esclusivamente di lei. Bisognava farle delle scene di gelosia perchè lei, a sua volta, non gliene facesse...

Oppure, se lei non veniva, se non lo chiamava, se non gli mandava a dir nulla - era lui che, inquieto, sospettoso, abbandonava d'improvviso i pennelli per correre fuori a vedere dov'ella fosse e che cosa facesse.

Ah! era una vita infame, era una vita grottesca e abominevole. Sì; era tempo, era ben tempo di finirla!

Correva, Alberto, su per la collina deserta. Ai lati della strada, nell'ombra, le siepi e i cespugli parevano delle nere bestie accovacciate in atteggiamenti minacciosi e strani.

Un orologio lontano battè due rintocchi. Le dieci e mezza. Bene. C'era tutto il tempo. Mancava più di un'ora alla partenza del treno. C'era tutto il tempo.

Un'ora! Tra un'ora egli sarebbe staccato da lei, liberato da lei, fuori della sua orbita nefasta; ella non potrebbe più raggiungerlo, riafferrarlo, trarlo a sè colle sue lunghe mani bramose e spingerlo poi nell'onta e nella rovina.

A questo pensiero il giovane sostò col respiro breve.

Gli si affollavano alla mente i ricordi. Gli ritornavano al pensiero certe frasi pronunciate da lei al principio della loro relazione, e che allora gli erano parse la fatua vanteria di una donna stravagante ed esaltata.

«Voi non avete paura di me, è vero? Non vi sembro una donna pericolosa...

È questo il vantaggio della donna non giovane, della donna non bella sulle altre: l'uomo non la teme. Si confida, si affida a lei... Ma quando vuole riprendersi, quando vuole liberarsi, non può! La donna non giovane, la donna non bella lo tiene...»

«Voi non avete paura di me!» No; non aveva avuto paura. Ma adesso l'aveva. Aveva paura! paura e orrore. La vedeva, creatura malefica e disastrosa, ergersi su uno sfondo di calamità; dietro di lei, intorno a lei erano gli spettri di uomini ch'ella con la sua lunga mano sapiente aveva attirato a sè per spingerli nel disastro e nella rovina.

«Non ammetto che un uomo il quale mi abbia amata, possa un giorno lasciarmi, riprendere la sua strada, andare avanti a vivere come se nulla fosse...».

Ah, no! bisognava portare le stìmmate di lei, il suo marchio rovente per tutta la vita! O, allora, cessare di vivere per poterle sfuggire?

«L'amore e la vita, dite voi?... Ma io non concepisco che l'amore... e la morte!»

Di nuovo Alberto arrestò il passo. Gli tornava in mente l'elenco di amanti morti che ella - con un piccolo brivido e un piccolo sorriso - si era compiaciuta di enumerargli.

Ah, quell'elenco di morti!... Alberto trasalì e strinse i pugni.

Ma egli, per Dio! non era morto. Era vivo ancora. Era vivo ed era giovane. Era a tempo a salvarsi. Il racconto di Adriano lo aveva salvato; gli occhi spenti di Adriano avevano aperto i suoi.

Fuggirebbe. Sì, fuggirebbe. Riprenderebbe la sua vita là ove l'aveva lasciata in quella sera lontana, quando, colla rosa all'occhiello...

A quel ricordo Alberto si morse le labbra per non ridere forte, per non ridere da solo, come fanno i pazzi.

L'orologio lontano suonò tre rintocchi, le undici meno un quarto. C'era giusto il tempo di arrivare alla stazione. Alberto si volse e prese la via del ritorno, scendendo a passo veloce il ripido pendìo della collina.

Allo svolto della strada apparve, stesa ai suoi piedi, la città tutta punteggiata di lumi. E un nuovo improvviso senso di gioia e di leggerezza gli corse dentro alle vene. Una rinnovata voglia di vivere e di gioìre. Sì, il mondo era vasto ed egli era giovane ancora. Andrebbe lontano, andrebbe a cercare la gioia. Sì, la gioia! egli che aveva così poco gioito nella sua vita limitata e meschina.

Un immenso, impaziente fremito di allegrezza lo prese. Era giovane, era giovane! Aveva la vita davanti a sè. Aveva il mondo davanti a sè.

E nel mondo vi erano altre donne, oltre a questa femmina malvagia e quasi brutta che lo aveva per un tempo soggiogato; e nella vita vi erano altre passioni oltre a questa passione vile e perversa per una donna di chissà quanti anni più vecchia di lui - una donna di cui un giorno gli era stato chiesto da un amico se fosse sua madre...

Finito! finito!... Egli andrebbe verso altre città, verso altre mète. Vi erano pure tre belle, tre grandi cose al mondo, tre cose per le quali valeva la pena di vivere: la ricchezza; la gloria; l'amore. Col suo ingegno, colla sua gioventù, col suo coraggio egli le conquisterebbe tutt'e tre.

La ricchezza - sfavillante miraggio! È vero che in sè stessa valeva poco! Ma, nobilitata dalla gloria...

La gloria - arduo, aspro cammino! Vetta arida, è vero, e solitaria per chi la raggiunge! Tuttavia, la gloria confortata dall'amore...

L'amore! L'amore... di chi?

Della cuginetta casta e candida?... Di altre donne?

A questo pensiero il cuore gli mancò. Le scialbe tenerezze di una mite creatura ignara, come le sapienti lascivie d'altre donne belle e perverse, tutte, tutte al pensarle gli davano un senso di ripugnanza e di sgomento.

Altre donne!...

Soltanto all'idea di ricominciare con un'altra la fosca tragicommedia dell'amore, di riprendere con un'altra l'aspro calvario della passione, egli si sentiva mancare, come davanti a una mostruosa, inutile fatica.

Quale altra donna dopo di questa avrebbe potuto avvincerlo? Quale altra sarebbe parsa sufficiente ai suoi sensi esasperati, al suo spirito affinato nella fiamma di sottili acri tormenti? Nessuna, nessuna mai!

Raimonda gli aveva avvelenata la coppa di tutte le gioie.

Subitamente un nuovo pensiero l'afferrò:

- E lei?

Lei, che cosa avrebbe fatto quand'egli l'avesse lasciata? Libera e sola, in quali nuovi abissi d'infamia e di depravazione sarebbe precipitata?

A quell'idea i suoi nervi si contrassero; strinse i pugni, e nella sua mente balenò l'idea del delitto.

Ucciderla?...

Ah sì! sarebbe bene; sarebbe giusto liberare il mondo da una creatura così nefanda.

Era questo, era questo che bisognava fare.

E poi?

E poi... finirla!

E dunque, anche per lui si avverava il pronostico, si compieva la nefanda profezia di costei? Anche lui finiva come gli altri - come quelli che lo avevano preceduto? Finiva nel «pozzo», nel famoso pozzo di Messalina in cui ella si vantava di aver precipitato tutti i suoi amanti?

Ah, mio Dio! come era tragico, come era grottesco, e iniquo, e atroce tutto ciò!

Laggiù, oltre la lucida striscia del fiume, oltre l'arco del ponte, era il tranquillo e oscuro viale, sprofondato nella pacata ombra notturna. La sua casa era lì; le finestre brillavano, illuminate ancora.

Perchè struggersi? Perchè lottare? Perchè soffrire?

Ella lo attendeva, coi suoi occhi verdi, colle sue mani morbide, col suo petto dolce-anelante su cui poggiare il capo e riposare...

Perchè struggersi? Perchè soffrire?

Varcato il ponte, Alberto sostò.

Alla sua sinistra, ecco, si ergeva, vagamente illuminata, la tettoia della stazione...

Allora egli volse a destra, affrettando il passo.

Correva adesso. Un trillìo gli percorreva le membra, quell'acuto trillìo che precede la vietata gioia, quel trillìo sottile che accompagna la rinuncia allo sforzo, il soccombere alla tentazione, e la certezza dell'imminente piacere.

Ecco il viale silente... ecco la casa. Con mano tremante il giovane trasse di tasca la chiave del portone.

La serratura stridette; la porta cigolando s'aprì... E si richiuse.

XX.

Alberto spalancò la porta dello studio e sostò sul limitare: gli mancava il respiro; il cuore gli martellava scotendolo dalla testa ai piedi ad ogni pulsazione.

Si guardò intorno nella grande stanza vividamente illuminata: era deserta.

Con rapido passo traversò lo studio andando verso la porta chiusa della sua camera da letto. Colla mano già sulla portiera che la drappeggiava, sostò: sulla tavola aveva scorto una lettera - una busta senza indirizzo - un quadrato bianco sul rosso cupo del tappeto.

Quel quadrato bianco gli fermò lo sguardo repentinamente con una forza ipnotizzante.

I ginocchi gli tremarono: sentì che in quell'istante nella sua vita avveniva un cambiamento: gli parve che immediatamente dietro a lui sprofondasse il suo passato; che immediatamente dinanzi a lui l'avvenire si spalancasse in una voragine; ed egli, ritto sullo stretto orlo tra quei due abissi, barcollò come colto da vertigine.

Andò alla tavola, prese la lettera: l'aprì.

I lunghi caratteri inclinati danzarono confusi un istante davanti ai suoi occhi, poi si fermarono, si fissarono.

Egli lesse:

«Amor mio,

«Quando leggerai queste righe io ti sarò vicina... ma pur lontana; tanto lontana che la tua voce non potrà più giungere fino a me; nè mai, nè mai mi potrai più richiamare.

«Leggendo questo avrai un sussulto - di stupore? d'ira? di disperazione?

«Che importa? L'irrevocabile sarà compiuto.

«E tu dopo lo strazio del primo momento, delle prime ore, dei primi giorni ritroverai la calma, riprenderai a vivere più sereno e più tranquillo; ed io sarò nel tuo ricordo null'altro che un episodio vago e lontano.

«Tu avrai parlato con Adriano; saprai tutto. Ti avrà detto che fui io, io a spingerlo a quell'atto indicibile e spaventoso. E avrai orrore di me.

«Forse se io ti parlassi - colle tue mani nelle mie mani, coi miei occhi nei tuoi - potrei attenuare la mia colpa, convincerti che in quel tragico fatto fui più sventurata che malvagia, più aberrata che abominevole.

«Ma io non ho il coraggio di affrontare una spiegazione burrascosa con te. Un'improvvisa immensa stanchezza mi assale, un desiderio di sfuggire a tutte le spiegazioni e a tutte le burrasche.

«E il pensiero del tuo imminente ritorno afforza e affretta il mio proposito.

«Là nella tua camera, sui tuoi guanciali, dove tante volte mi hai sognata, stasera mi ritroverai.

«Ma non aprire, non aprire ancora la porta! Leggi prima; leggi e comprendi!...

«E perdona.

«Io sento che non ho più nulla da domandare alla vita; e non ho più nulla da domandare a te. Entrambi mi avete dato tutto ciò che potevo chiedere.

«Ora basta. Tutto ha una fine. Anche la mia sete di sconfinate passioni, di travolgenti ebbrezze.

«La coppa dei miei desiderî è vuota.

«Ricordi l'idea d'un quadro che un giorno ti suggerii e che tu non volesti dipingere? Si doveva intitolare: «La Riluttante». E raffigurava uno spaventoso Vecchio - calmo e inesorabile, colla clessidra e la falce - che teneva per mano una Donna, trascinandola verso la nubilosa vallata della Morte.

«Ebbene, quel bieco Vegliardo mi ha raggiunta; mi ha afferrata, mi trae con sè; ed io non mi posso fermare.

«A me nemico, a te consolatore - il Tempo urge ed incalza. A te reca il balsamo per tutte le ferite, a me porta ogni ora una ferita nuova. Te spinge alle soleggiate vette della gloria e della felicità, me trascina nelle gelide nebbie del crepuscolo. Te innalza; me soffoca e atterra.

«Per me, o mio amante, la falce s'abbassa. La clessidra si vuota.

«La clessidra che si vuota!... È un pezzo che l'ho sempre davanti agli occhi quella visione! È un pezzo che guardo, terrorizzata, la sabbia che scorre e fugge e cala; i giorni, le ore, i minuti che precipitano nel nulla, irrichiamabili, perduti.

«La clessidra che si vuota!

«Tu, mio diletto, non la vedi. Tu hai sugli occhi la benda meravigliosa e abbagliante della gioventù.

«E perciò tu non hai capito - non potevi capire - le mie angoscie, le mie frenesie... la mia fretta! Non capivi perchè io volessi da te in un solo istante, in un unico abbraccio, l'eternità e l'infinito. Ti pareva morboso e folle che io smaniassi così.

«E anche ora griderai: - Perchè? Perchè, se tu m'ami ed io ti amo, mi vuoi lasciare?

«È vero, è vero; oggi tu m'ami. Oggi io ti ho, ti tengo, ti posseggo - più profondamente forse di quanto tu stesso imagini! Ma so che questo non può essere eterno: ed io - come quelli che si uccidono per paura di morire - ti lascio per la paura di perderti.

«Sì; oggi sei mio. Tu, senza saperlo, cammini con me sull'orlo della Grande Tragedia; basterebbe una lieve spinta della mia mano, una leggera folata di ebbrezza, perchè anche tu precipitassi nel baratro, in quel baratro in cui altri già sparvero.

«Tu, o mio diletto, sfiori il «dramma passionale», il volgare dramma a forti tinte di cui, nella tua balda e sana giovinezza, hai sempre sorriso con scettica incredulità. Se restassimo insieme verrebbe il giorno in cui ti vedrei venirmi incontro con la folgore magnifica del delitto negli occhi: tu mi recheresti nella tua mano - dono portentoso! - il nero fiore della Morte.

«Ma questo io non voglio. Tu non devi perderti per me. Abbastanza ho sofferto e fatto soffrire. Io ti risparmio e ti salvo.

«Perciò ti lascio.

«Io sarò stata per te la Donna che passa e sparisce - la Tragedia che ti ha sfiorato e che ti lascia incolume.

«O mio diletto, addio!»

XXI.

Alberto rimase impietrito, immobile, lo sguardo stralunato fisso sul foglio; tratteneva il respiro; non osava nè muoversi nè alzare gli occhi. Un senso di terrore gli fasciava le membra come un lenzuolo diaccio.

Solo? Era solo, qui? O vi era qualcun altro, un'Ombra, una Presenza immateriale, là, accanto - separata da lui soltanto da quella portiera, da quell'uscio chiuso?

Piano, quasi avesse paura di farsi sentire, depose sulla tavola il foglio; poi volse cauto, lento, gli occhi in giro interrogando gli angoli più remoti della stanza. Dalle pareti, dai cavalletti lo guardavano i suoi quadri: i suoi quadri stonati e ambigui, dai colori falsi, dalle forme grottesche.

Paura! Paura! Tutto gli faceva paura: il silenzio, la solitudine, la vista di quelle figure contorte e immobili create da lui... e più di tutto il sinistro mistero della camera vicina.

A un tratto ebbe un sussulto. Là, sopra una sedia, erano buttati il cappello e la pelliccia di Raimonda.

- Raimonda! - fece, quasi in un singhiozzo. Ed ebbe paura che qualcuno gli rispondesse.

Solo! Era solo. Perchè, perchè era qui solo con questo spavento, con questo strazio? Gli pareva di essere un bambino perduto nella foresta; e avrebbe voluto gridar forte, invocare soccorso; ma l'idea di lacerare col suo primo urlo quel silenzio lo agghiacciò di nuovo terrore.

Indietreggiò verso la porta d'uscita; bisognava correre giù e chiamar gente...

Subitamente ebbe vergogna della sua viltà. No! bisognava affrontare il tremendo mistero di quella stanza: sollevare quella portiera, spalancare l'uscio... e guardare.

Chiara gli si presentò alla mente la visione di lei che ora vedrebbe, bianca e solenne sul grande letto dai tendaggi rossi.

Con un gemito si slanciò, ricacciò la portiera, sospinse l'uscio...

Il cuore gli dette un balzo. La camera, fiocamente illuminata, gli apparve deserta; il grande letto era vuoto e intatto.

Tremando si avanzò, poi gettò un grido. Là! là, nell'angolo... per terra, nell'ombra ... cos'era quell'ombra più scura?

Lei! Era lei!

- Raimonda! Raimonda! - Egli si precipitò ansante. La sollevò. - Raimonda!

Ed ora la trascinava verso la luce, le toccava smarrito la faccia e le mani. Viva!... era viva!

- Dio! Dio! Dio!... Vi ringrazio!

Ella gli si abbandonava molle e inerte tra le braccia, col volto livido e disfatto rovesciato all'indietro, le pupille, vaghe luci lattee, rivulse e semispente. E intorno alle sue labbra socchiuse biancheggiava una lieve traccia di polvere squamosa e lucente.

Con un rinnovato urlo di terrore il giovane la afferrò, la scosse.

- Cos'hai fatto? Parlami! Cos'hai fatto?

E i suoi sguardi folli interrogavano quel viso terreo, quella bocca biancastra; interrogavano tutta la stanza crepuscolare.

D'un tratto egli scorse sul divano, accanto a un fazzoletto sgualcito, una scatoletta, una piccola scatola di cartone aperta.

- Ah! - gridò esterrefatto, - che cosa hai preso? Sciagurata! Che cos'hai preso?

Gemendo la donna gli si abbattè sul petto.

- No... no... Lasciami... lasciami!

- Che cos'è? - urlò lui, sfiorandole la bocca colle mani e poi guardandosi con terrore le dita. - Che cos'è questo?

- No... no... Non ne ho preso! - singhiozzò lei. E soggiunse afona: - Ho avuto paura!

Egli sentì che diceva il vero. Ebbe come un colpo nelle vene... Il cuore, che gli si era fermato, riprese a battere; la stretta delle sue braccia intorno a quel fragile corpo si rallentò, si sciolse; ed ella cadde su una seggiola accanto al letto, colle braccia protese e la testa abbattuta sulle coltri.

Il giovane indietreggiò, preso da un senso di gelo. Una violenta reazione si faceva in lui. Dopo il primo impeto di gioia, di una gioia così acuta da essere quasi insostenibile, l'ondata d'estasi per averla ritrovata viva si tramutava in un fiotto d'esecrazione e d'ira.

Falsa, vile, bugiarda! Ella gli aveva inflitto a vuoto quella inutile angoscia. Falsa, vile, bugiarda!... Ella aveva scritto quella lettera straziante, per dilaniarlo, per torturarlo! Per farlo impazzire aveva inscenato questa finta tragedia, colla polvere sulle labbra e la scatola di veleno aperta.

Il sangue gli salì alle tempia; una vampata d'odio gli abbagliò la vista. Gli parve di doverla afferrare per le spalle, per i capelli; gli parve di doverla prendere alla gola e soffocarla perchè non mentisse più, perchè non parlasse più, perchè non respirasse più!

Lo spasimo fu troppo forte; egli d'un tratto si abbattè sul divano e scoppiò in pianto.

Vacillante ella sorse in piedi e gli fu accanto; ed egli sentì intorno al suo collo le braccia tremule di lei; nei suoi capelli i baci e le lagrime di lei.

- No, no! Adorato, adorato!... non piangere! Perdonami... perdonami!

E come egli, scosso da un tremito convulso, piangeva ancora, ella pianse con lui.

- Era meglio se morivo! Lo so ch'era meglio! Volevo, volevo morire...

Attese da lui la parola di protesta, di tenerezza; ma quella parola non venne. Ed ella continuò smarrita:

- Non piangere... sono qui... sono con te! Ti amo.

Il giovane balzò in piedi svincolandosi da lei, respingendola con un brivido d'avversione e d'orrore.

- Non parlar d'amore! - gridò, cogli occhi lampeggianti, i neri capelli scomposti sulla fronte. - Nefanda creatura! non parlar d'amore!

- Ti amo! - ripetè lei, accasciandosi ai suoi piedi e cingendogli colle braccia i ginocchi.

- Sì, tu m'ami! - gridò lui, respingendola. - Tu ami me come hai amato l'altro... come hai amato gli altri...

Un improvviso silenzio cadde tra loro: un silenzio strano, sinistro, dopo tanto tumulto.

Poi ella disse a voce bassa:

- È vero.

Seguì un nuovo silenzio.

- È vero. Io ho sempre amato così... - E sembrava sbigottita ella stessa di fronte ai suoi ricordi. Cogli occhi spalancati e fissi pareva guardare nel suo passato.

- Ho amato così... per la sventura mia e la rovina altrui.

Di nuovo un senso di disgusto più profondo invase Alberto e gli chiuse in uno spasimo la gola. Si accasciò presso al letto coprendosi il volto colle mani.

Ma ella continuò, vaneggiante, allucinata:

- Anche Adriano l'amavo così. L'amavo! E perciò i suoi occhi mi facevano paura - i suoi vividi, spietati occhi giovani, che vedevano tutto! che vedevano accanto a me, sfiorita e intristita, a me fosca ed arsa dalla passione, la beltà mattinale di altre donne!

Sostò un attimo, ansante. Indi riprese come parlando con sè stessa:

- Quando ebbe compiuto quell'inaudito atto d'amore, io prostrata davanti a lui, demente e disperata non potevo abbastanza gridargli il mio rapimento, la mia adorazione! Sarei morta per lui mille volte, morta di mille morti dolorose s'egli l'avesse voluto, morta, con lui o per lui! Non si può, non si può essere più pazzamente grata, più beata e straziata insieme di ciò ch'io ero allora!... Ma lui non mi credeva. Mi dilaniava coi suoi sospetti. Non mi vedeva! Era questa la cosa atroce: non mi vedeva! Non poteva leggere nel mio povero volto disfatto il disperato amore che sentivo per lui. «Che cosa pensi?» prorompeva ad ogni istante. Dieci, cento, mille volte al giorno mi lanciava come una pugnalata quella domanda: «Che cosa pensi?». E qualsiasi cosa io rispondessi lo metteva in furore. Di giorno, di notte, mi aggrediva, aspro rapido repentino: «Cosa pensi?». Mentre gli parlavo m'interrompeva, fremente e maniaco: «Cosa pensi?». E se tacevo m'afferrava il braccio con quel grido rauco, terribile, pazzesco: «Cosa pensi?» - «Non penso nulla!» piangevo io. - «Sì! sì!... Tu pensi che sono uno sventurato! Tu pensi a fuggire! tu pensi ad altri...». Ed io che non le pensavo queste cose, quand'egli me le diceva dovevo pensarle!... Oh, Alberto! Alberto, mio adorato! Cerca di comprendere, cerca di comprendere che giorni terribili, che giorni di orrore e d'incubo furono quelli!

Il giovane non si mosse nè rispose.

- Egli mi sfuggiva... sentivo che mi sfuggiva ancor più che quando ci vedeva. Io ero ai suoi piedi, tremante e piangente, ma lui si chiudeva in una fortezza di silenzio e d'odio; si murava nella sua prigione di oscurità! Che cosa dovevo fare, io che l'amavo?... che l'amavo!

Alberto trasalì: quel grido d'amore per un altro uomo gli faceva orrore. Ebbe come in un lampo la visione di tutti gli amori di costei: di tutti gli uomini ai quali ella si era aggrappata urlando e piangendo, come ora s'aggrappava a lui, come ieri a Adriano...

La staccò da sè, con violenza.

- Basta! - gridò; - basta. Non voglio sentire più nulla. È inutile. È finita.

E scattò in piedi.

Ella lo seguì cogli occhi stralunati mentre egli s'aggirava febbrile per la stanza, radunando con gesti incomposti le cose sue, per uscire, per andarsene.

- Che fai? Che cerchi? - balbettò lei.

Egli si mordeva le labbra senza rispondere. Appariva a sè stesso ridicolo e compassionevole. Gli pareva di recitare una specie di commedia, truce e grottesca a un tempo; gli pareva di assumere la parte di un individuo che non gli somigliava. Non sapeva più quanto di sincero e quanto di mendace era in lui e nei suoi atti.

- Ma dove vuoi andare? Vuoi lasciarmi?

Gli si abbattè ai piedi alzando a lui il viso livido e stravolto, mentre grandi lagrime le rigavano le guancie.

- Non lasciarmi! non lasciarmi. Ti amo!

L'uomo ristette, e la guardò. E d'un tratto gli parve di vedere in quel viso alzato verso di lui tutta la passione muliebre del mondo, nella sua spasimante debolezza, nella sua affranta angoscia, nella sua fragile e feroce terribilità.

Ella non comprese il suo sguardo: le parve di sentire ch'egli era perduto per lei; e si abbattè gemendo con la fronte a terra.

- Ma se mi lasci che cosa farò? Mio Dio, che cosa farò?

- Farai, - gridò egli mentre le onde dell'ira risorgevano in lui, - farai ciò che hai sempre fatto. Sciagurata e iniqua, tu non hai fatto che del male...

- Sì!... sì!... È vero, - pianse lei.

- Tu non hai sparso che danno e devastazione intorno a te. Hai portato lo sfacelo e la sciagura, sempre, a chi ti ha amata...

- Sì!... sì!... È vero...

- Ed ora so che cosa tu vorresti! Vorresti perdere anche me... spingermi alla pazzia e al delitto! Ma non ci riuscirai; ah, no! non ci riuscirai.

Ella, singhiozzando, avviticchiata a lui si alzava, strisciando, aggrappandoglisi alle braccia, al collo. Ansava; ed egli ne sentiva l'affocato alito nel collo e sulle gote. Comprese che il vituperio non era per lei che una sferza alla sua fosca depravazione... E, inorridendo, sentì che l'odio diveniva un afrodisiaco alla loro torbida sensualità.

- Lasciami, - urlò, svincolandosi; - lasciami... o, per Iddio! ti ammazzo.

Ella ebbe un grido di ebbrezza, di gioia, alzando a lui il viso subitamente trasfigurato.

Fissandolo cogli occhi smisuratamente allargati, si allontanò da lui, indietreggiò verso il divano. Indietreggiò pur tenendolo sempre avvinto e immobile sotto l'ipnotismo del suo sguardo.

D'improvviso si chinò, raccolse con gesto fulmineo la scatoletta bianca, e si riabbattè su lui.

- Tieni! tieni! tieni! - ansò. - Da te voglio la morte! da te! Ecco la fine che io ho sempre voluto, la fine che ho sempre sognato e che nessuno mi ha voluto dare! Nessuno, mai, mi ha odiata o amata abbastanza!... Ma tu, sì!... tu sì!

Alberto stringeva i denti, chiudeva i pugni, distogliendo il capo. Non voleva udirla, non voleva guardarla. Ma ella si avvinghiava a lui sempre più folle, più convulsa.

- Adorato! adorato! - singhiozzava, con un rantolo di spavento e di piacere in gola. - La morte, la morte! Dammela tu!

Tremando la respinse ancora. Ma ella gli si era abbattuta sulla bocca, gli beveva il respiro, e frattanto gli spingeva subdola e pervicace la scatoletta tra le mani.

Qualcosa sembrò spezzarglisi nel petto. Sentì traverso la commedia falsa e fittizia che recitava con lei, incombere imminente la tragedia, il delitto.

Ora i suoi sguardi andavano dal volto disfatto e contorto della donna a quella scatoletta aperta nel palmo della sua mano, piccolo rettangolo bianco in cui luccicavano le squame candide del veleno ignoto. E un pensiero gli venne, istantaneo come la folgore, ma così chiaro, così nitido come se qualcuno l'avesse formulato e pronunciato al suo orecchio: «Anche tu... con lei. Anche tu!».

«Anche tu». Chi aveva pronunciato quelle le parole? Erano nate nel suo cervello? Era lei che gliele susurrava? Certo i suoi sensi le percepirono insistenti come una preghiera, chiare come un comando: «Anche tu».

Perchè no? Come era semplice! Come era facile! Uscire con lei dalla vita, come si esce da una stanza! Andarsene, lasciando dietro di sè ogni tormento, ogni viltà, ogni dubbio, ogni ricordo.

Ella ora lo guatava con occhi abbacinati, lampeggianti, tutta vibrante in una selvaggia attesa. Ancora una volta egli si sentì ripreso da quel subcosciente, strano senso d'irrealtà. Non recitavano essi forse una commedia stravagante e sensazionale, di cui domani, ripensandoci, si vergognerebbero?

Domani! Quel pensiero lo atterrì. Come si guarderebbero in faccia loro due, domani, dopo aver varcato in questa notte i limiti di ogni più spasmodica sensazione?

Sentì un urto nel sangue, una vampata alla fronte; le sue dita, quasi mosse da una forza occulta, si immersero nella polvere lieve e squamosa.

Ella ebbe un grido d'ebbrezza e rovesciò indietro la testa.

- Per me!... Per me! dammi... dammi!

- Sì! sì! per te, - rantolò lui. - Ma prima...

E con gesto fulmineo portò la mano alla bocca, se la riempì della droga, masticò, inghiottì, soffocando e ansando... E per due volte ripetè quell'atto, mentre ella avviticchiata a lui strillava:

- No! no! no! Perchè?... perchè?...

Vacillante, egli si divincolò.

- Ora a te! Prendi! - E le porse la scatola.

La donna indietreggiò, livida, spiritata.

- Dio!... Dio!... Cos'hai fatto! Orrore!... orrore!...

- A te! - ripetè lui, stringendo i denti. - Fa presto... prendi!

- No... no!... - strillò lei, e un terrore pazzo le stralunava gli occhi.

Egli chinò su lei il volto che s'era fatto azzurrastro di pallore; i suoi lineamenti si contraevano in una smorfia orribile:

- Prendi!

Aveva la bocca arida e amara; un brivido di gelo gli scoteva le membra. Sentì che la scatola gli sfuggiva di mano, e la spinse tra le dita floscie e tremule di lei. Ma ella con un grido se ne ritrasse come da una serpe viva; ed egli lasciò cadere la scatola sul letto. Un po' della polvere si sparse sulla coltre.

Un abbaglio lo colse. Ghermì la donna e stringendola in una morsa ferrea la cacciò verso il letto.

Ella strillando si divincolò.

- No! Ho paura! No... no... no!...

Alberto ansava, strozzato e soffocato. Aveva la bocca piena di schiuma e una nausea orribile gli saliva dal profondo dei visceri. Sentiva sfuggirgli la terra sotto ai piedi, sentiva sfuggirgli i pensieri dal cervello: bisognava far presto... far presto...

Che cosa bisognava far presto?... Ah, sì! La droga... Raimonda... anche lei... Raimonda...

Mosse barcollando verso il letto, e di nuovo affondò le dita nella polvere morbida e sfuggevole.

La donna proruppe in un urlo:

- Aiuto! aiuto! No, Alberto... no!... O mio Dio, aiuto!

Intorno a lui tutto turbinò. Con gli occhi fuori dell'orbite, le vene a nodo sulla fronte, si precipitò su lei, la ghermì, la strinse... E come ella si divincolava con gemiti e strilli, le sbattè sulla faccia la mano aperta, coprendole il viso di una incipriatura atroce e grottesca.

Per un istante non vide più nulla; poi tutto riapparve, ondulante, turbinante, raddoppiato, centuplicato intorno a lui. La stanza era piena di Raimonde... dieci, cento, mille Raimonde gli roteavano d'intorno, tutte con lo stesso viso infarinato e folle, con la stessa bocca aperta e urlante...

Egli volle inseguirle ma mille oggetti si frapponevano, impedendogli il passo; i mobili traballando gli si sbattevano contro il petto, le pareti ondeggiavano, s'inclinavano, precipitavano... il pavimento gli guizzava di sotto ai piedi.

Tutte le Raimonde si erano scagliate in avanti sul letto... afferravano la scatola, la ribaltavano... e in un turbine fuggivano... svanivano dietro l'ondulante portiera.

Alberto si slanciò per inseguirle; ma sul limitare incespicò e cadde.

Cadde all'indietro...

E gli parve di cadere mollemente, dolcemente, a lungo... di cadere in un lento graduale inabissarsi, come sospinto da una morbida forza, come sorretto da un morbido abbraccio...

E giacque, infine, sommerso in una lene, lieve, morbida profondità.

E vide due Figure che gli stavano accanto: l'una era il Tempo, velato d'ombra; l'altra era l'Eternità, circonfusa di luce.

Entrambi si chinarono su lui.

- Dormi, - disse il Tempo.

- Svegliati, - disse l'Eternità.

FINE